幻獣少年キマイラ

夢枕 獏

角川文庫 18111

目次

序章　六
一章　異常学園　九
二章　円空拳　六三
三章　死闘変　一〇三
四章　甘い罠　一四七
五章　キマイラの牙　一八四
あとがき　二五〇

人物紹介

大鳳《おおとり》 吼《こう》
西城学園に入学した美貌の少年。

久鬼《くき》麗一《れいいち》
西城学園の3年生。学園を支配している。

九十九《つくも》三蔵《さんぞう》
西城学園の3年生。心優しき巨漢。

織部深雪

おりべ みゆき

大鳳のクラスメイトの美少女。

亜室由魅

あむろ ゆみ

西城学園の3年生。妖艶な魅力をもつ。

真壁雲斎

まかべ うんさい

円空拳の使い手で、九十九の師。

イラスト／三輪士郎

序章

大鳳吼《おおとりこう》は夢を見ていた。

またあの夢である。

生きながら獣に喰《く》われる夢だ。

得体の知れない不気味な獣が、頭を大鳳の腹の中に突っ込んで、思うさま、内臓を屠《ほふ》っている。

肉を咀嚼《そしゃく》する湿った音に混じって、低い唸《うな》り声が聞こえてくる。

しかし、それがどのような獣であるのか、大鳳には見当がつかない。現存する何かの肉食獣なのか、夢の中にのみ存在する、悪夢の生んだ異形の獣なのか——。

ひとつだけわかっていることがある。

それは、その獣が、大鳳の外からでなく、内部から大鳳を食べているということだ。

獣の頭は、確かに大鳳の腹の中にあるのだが、その本体もまた、大鳳の肉の内側にあった。

生きた青虫の内部から、カリウドバチの幼虫が、宿主《ホスト》である青虫を蝕《むしば》んでいくように、その獣は、身体の内側から、大鳳を喰らっているのだ。

いずれ、その獣が、肉を喰い破って体外に姿を現す時が来るのかもしれない。

年に何度かはこの夢を見る。

この夢が、いつ頃から始まったのか、その記憶はない。もの心がつく頃には、すでにこの夢を見ていたような気がする。どうして、こんな夢を見るようになったのか、その原因がわからなかった。

食べられる個所は、夢を見るたびに違っていた。

はっきりした記憶があるわけではないが、一度喰われた個所が、もう一度喰われる夢を、大鳳は見たことがなかった。

そのかわりに、その獣は、その個所をおそろしく丹念に食べる。体毛の一本ずつ、細胞のひとつずつまで、じっくりと執拗《しつよう》に食べてゆく。

指一本を、一晩かけて喰われたこともある。

現実に、そのような肉食獣がいたなら、そいつは、血の一滴もこぼすことなく、獲物を屠ることであろう。

今、大鳳が喰われているのは、肝臓であった。

ざらついた熱い舌が、骨をねぶり、血をすするのが、リアルな感触で伝わってくる。

獣が喉《のど》を鳴らす、低い雷に似た音——。

痛みはない。

だが、骨から肉がひきはがされる、みりみりという音の感触が、耐え難かった。ひきはがされ、喰われているのは、自分の骨と肉である。それを、ひどく醒《さ》めた眼で見ている自分がいる。

体毛のそそけ立つような、異様な感覚だ。

肉を舐《な》める獣の舌の、ざらつきのひとつずつがはっきりわかる。

恐怖感はむろんある。だが、それと同時に、このまま、自分の肉体全部をこの獣に喰われてしまいたいという、不思議な衝動があった。それは、肉を溶ろけさせる、甘美な誘惑だった。

喰われることのおぞましさが深ければ深いほど、得体の知れぬ陶酔《とうすい》も深かった。

獣の舌が、自分の血肉を這《は》うたびに、ぞくぞくする快感が走るのである。

大鳳は、まだ女を知らない。

女の肉のもたらす快美感とは、このようなものなのだろうか、と大鳳は思った。

大鳳は、己の肉の奥に潜む獣に喰われながら、甘い、不思議な、暗いおののきを覚えていた。

一章　異常学園

1

――夕刻。
駅前に近い繁華街は人で溢《あふ》れていた。
定時で仕事を終えたサラリーマン。
買い物帰りの主婦。
学生。
男。
女。
雑多な人間たちが、それぞれの方向に歩いている。
地方都市の、どこにでも見られるような風景とざわめき。
大鳳吼は、灯《あか》りの点《つ》き始めた商店街を、駅に向かって歩いていた。

四月——

まだ、桜が咲いている頃である。

暑くもなく、寒くもない時期。

「おい、待てよ」

大鳳の背後から、ふいに、低く押し殺した声が響いた。

大鳳は立ち止まった。

ふり返ると、そこに、ふたりの男が立っていた。

ふたりとも、大鳳とあまり変わらない年頃だった。おそらくは高校生——間違っても中学生ということはなさそうだった。

痩《や》せた長身の男と、ずんぐりとした小男。

どちらも、つい今しがた、大鳳が出てきた本屋の店内で見た顔だ。ふたりとも、ジーンズに、黒い革ジャンパーを着こんでいる。学生服姿の大鳳とは対照的だ。

大鳳の顔に、怯《おび》えの色が浮かんだ。

「久しぶりじゃねえか」

長身の男が、大鳳の肩に手をかけた。

一メートル七二センチの大鳳よりも、数センチは上背がある。短い髪に、ぴっちりとパーマをかけ、細い金縁のメガネをかけていた。口の中で、しきりにガムを嚙《か》んでいる。

その口元に、薄嗤《うすわら》いがへばりついていた。

小男の方は、身長は、一メートル六〇センチもないだろう。低い位置から、押し黙ったまま、大鳳を睨《にら》んでいる。眼球の黒い部分が、常人より、はっきりひと回りは小さい。どこか、病的なものを感じさせる眼だ。

長身の男は、大鳳の肩に手をまわして歩き始めた。

他人の眼には、久しぶりに会った友人どうしと映るに違いない。しかし、男の手には、有無を言わせぬ力がこもっていた。

大鳳が、このふたりの男と会ったのは、さきほどの本屋が初めてである。むろん言葉をかわしたこともない。

大鳳が連れこまれたのは、通りからはずれた細い路地だった。一方を、灰色のビルの壁面で塞《ふさ》がれた、完全な袋小路だ。

人通りは、ない。

通りと十数メートルも離れていない路地の奥には、早くも薄闇がたちこめていた。

路地の奥に大鳳、出口を塞ぐ形で、ふたりの男が立った。

「おめえ、あれを見たな」

長身の男が言った。

メガネの奥から、細い眼が大鳳を見ている。

口元には、あの薄嗤いがへばりついたままだ。

「何を、ですか――」

大鳳は言った。

自分の声が、微《かす》かに震えているのが情けなかった。

「とぼけんじゃねえよ」

長身の男は、ことさら声のトーンを落として言った。その方が、大声で怒鳴るよりも、相手に恐怖感を与えるのを知っているのだ。

長身の男は、革ジャンパーのホックをはずし、懐《ふところ》から一冊の本を取り出した。

「これだよ」

それは、今人気のある女優のヌード写真集だった。

本から、顔をそむけるように、大鳳はうつむいた。

相手が、何のことを言っているのかは、わかっている。

その本は、長身の男が、さきほどの本屋から万引してきたものだ。大鳳は、その現場を目撃してしまったのだ。

眼が合った時に見せた、長身の男の凄《すご》い眼つきをまだ覚えていた。

あわてて眼をそらした大鳳の頬に、執拗に突き刺さってきた視線の感触が、むず痒《がゆ》く蘇《よみがえ》った。

爬虫類《はちゅうるい》の冷たい舌に、頬をちろちろとねぶられているようだった。

先に外に出たふたりは、大鳳が出てくるのを待ち受け、後を尾行《つけ》てきたのだろう。

「見たんだろうが」

長身の男がさっきの言葉をくり返した。

大鳳はこくんとうなずいた。

「たれこんだりはしなかっただろう？」

もう一度うなずく。

「このボタンは西城学園《せいじょう》のだな。おめえ、何年だ」

「一年です」

「今日、入学式をすませた口だな。言っとくがな、先公なんかにたれこんだりするんじゃねえぞ。もっとも、そんな度胸はねえだろうけどよ」

「――」

「おれたちは、おめえの先輩だよ。同じ西城学園のな。それで、ちょっと挨拶《あいさつ》に来たのさ。おめえが、よけいな口を滑らせねえようにな」

しゃべっているのは、長身の男だった。

小男は、さっきから一言も発していない。

「おめえのクラスと名前を聞いておこうか」

大鳳は、ぴくっと身体を震わせた。

クラスと名前を言ったら最後だと思った。

この男は、卒業するまで、自分にまとわりついてくるだろう。

そういう恐怖感に満たされた。

いじめ――

という言葉が脳裏にちらついた。

大鳳は、まだ自分の置かれた状況が信じられなかった。とんでもない冗談に巻き込まれているだけなのだと思った。

よりによって、入学式のあったその日に、同じ学校の、札つきのワルに目をつけられたのだ。

またか、と大鳳は想った。世の中には人にいじめられやすいタイプの人間がいる。本人は意識していないのに、知らぬ間に他人の暴力を誘発してしまうのだ。

大鳳がそうだった。

「言わねえか」

その声には、はっきりした恫喝《どうかつ》の響きがあった。

大鳳は、それでも口を開かなかった。

「調べりゃよ、すぐにわかることなんだぜ」

その言葉を耳にした時、大鳳は、地に沈み込むような絶望感に襲われた。

その通りだった。

今言わなくても、大鳳のクラスと名前くらい、いずれは知られてしまうことだった。

顔を覚えられた以上、同じ学校の人間が調べる気になれば、明日にでもわかる。

動揺し、そんなことすら気がつかなかった自分がくやしかった。

せいいっぱい口をつぐんでいた気力が、急速に萎《な》えた。

今は、できるだけ相手を刺激せずに、一刻も早くこの場を立ち去りたかった。

「一年C組の……」

屈辱で顔が赤くなった。

「――C組の、大鳳吼です」

やっとそれだけ言った。

自分は、これほど暴力に弱い人間だったのかと思った。

「おい、顔をあげろよ」

うつむいたままの大鳳に、長身の男が言った。

言われるままに、大鳳は顔をあげた。

「ほう」

メガネの奥の眼が、眉《まゆ》と一緒に、わずかに吊《つ》りあがる。

「いい男じゃねえか」

長身の男は、大鳳の顔だちに、あらためて眼をやった。

大鳳は、確かに整った顔をしていた。

肌が、ぬけるように白い。ゆるくウェーブした髪が、耳に半分かぶさり、その下に滑らかな首筋が覗《のぞ》いている。目蓋《まぶた》は二重。瞳《ひとみ》は大きく、黒く濡《ぬ》れて光っていた。唇は、微かに、朱《あか》みを帯びている。

まるで、同じ年頃の少女のような顔つきである。

それも、とびきり美麗な少女だ。

しかし、大鳳のその美貌《びぼう》には、どこか人間離れしたものがあった。

長身の男は、大鳳の貌《かお》だちの美しさに、数瞬の間とまどいに似た表情を浮かべていたが、すぐに、元の細い眼つきにもどった。黒い瞳に、さっきまではなかった、サディスティックな光が、宿っていた。

その光が、大鳳の不安をかきたてた。

「もう、帰ってもいいですか」

「待てよ。まだおめえを信用したわけじゃねえ。ここでだけいい子でいて、後でたれこまれたんじゃたまらねえからな」

獲物をいたぶって楽しんでいる口調だった。

「どうしようか」

自分にとも、横にいる小男にともつかぬ口調で言った。唇の片方が、嬉《うれ》しそうに吊りあがっている。

小男は、返事をせず、やはり押し黙ったまま、細い小さな黒い眼で、じっと大鳳を睨《にら》んでいた。

ひどいニキビ面で、くすんだ紙のような顔の皮膚は、夏ミカンの皮を連想させた。背はずんぐりしているが、がっしりした肉厚の体軀《たいく》をしていた。爆発的な力を秘めていそうな身体である。ケンカとなれば、長身の男などより、遥《はる》かに凄《すご》そうな迫力がある。

さっきから一言も口をきかないが、それがかえって不気味だった。

常人とは、歯車が、どこかひとつずれている。

「いいことがあるぜ。おめえもよ、あの本屋で、何か本を一冊万引《や》ってくるんだ。そうすりゃあ、おめえもおれたちの仲間だ。まさか仲間をたれこんだりはしめえ――」

長身の男は、舌舐《したな》めずりしそうな唇を、軽薄に歪《ゆが》めて笑った。

万引を見られた、というのはただの口実で、男たちの目的は、獲物をいたぶることにあるようだった。

「なあ、おい」

横に立って、長身の男は大鳳の顔を覗《のぞ》き込む。

「で、できません」

言いながら、何故こんな目に遭わなければいけないのか、と大鳳は思った。

力が欲しかった。力さえあれば、このふたりをぶちのめしてやるのに。

屈辱と、怒りと、憎悪とが、ごちゃ混ぜになって渦巻いていた。

長身の男が、大鳳の横に来たことにより、小男の右横が、広くあいていた。ふいをついて、いきなり走り出せば、なんとかそこを抜けられるかもしれなかった。

「できねえだと」

「――」

「ならば金を置いていくんだな」

「お金？」

「この本の代金だよ。おめえが払うんだ……」

その言葉が終わらぬうちに、大鳳は走り出していた。

長身の男に、肩がぶつかった。

はずみをくらって、よろけた長身の男の背がコンクリートの壁にぶつかった。

「野郎！」

長身の男が呻《うめ》く。

その時には、もう大鳳は小男の横を走り抜けつつあった。

小男の脇をすり抜けたと思った瞬間、大鳳の身体は宙を舞っていた。ふわりと自分の体重がなくなり、次に、激しい衝撃がどっと背を襲った。

初めは、自分に何が起こったのかわからなかった。肺が塞《ふさ》がっていた。背を打った苦痛で呼吸が止まり、息がつけないのだ。

小男のニキビ面が、無表情に大鳳を見下ろしていた。

小男の足が、大鳳の脚をはらったのだ。

長身の男が、まだ喘《あえ》いでいる大鳳の胸ぐらをつかみ、引き起こした。

「ずいぶん、なめたマネしてくれたな」

大鳳の後頭部を、ごつん、ごつんとコンクリートの壁に打ちつける。

「この」

強烈な拳《こぶし》の一撃が大鳳の顔面を襲ってきた。

爆発するような恐怖が大鳳を捕らえた。

ほとんど無意識のうちに、大鳳は首をまげてその拳をかわしていた。自分でも信じられない、一瞬の動作だった。プロボクサー並みの反射神経だ。いや、たとえプロボクサーといえども、胸ぐらをつかまれた状態で、至近距離からのパンチを、こうもみごとにはかわしきれまい。

長身の男の拳は、したたかにコンクリート壁を叩《たた》いていた。

しぼりあげるような呻《うめ》きが、長身の男の喉《のど》からこぼれた。胸ぐらを握っていた左手を離し、右腕を抱えて腰をかがめる。すごい眼で大鳳を睨《にら》んでいた。眼が血走っている。

「てめえ！」

完全に逆上していた。

革靴の爪先をたて続けに大鳳の腹に蹴《け》り込んできた。大鳳は思わず腰を引いた。しかし、その蹴りをかわすことはできなかった。長身の男の激しい感情が自分にぶつかってきて、それが大鳳の精神を萎《な》えさせたのである。

爪先は、正確に大鳳の腹にめり込んだ。

大鳳は、腹を押さえて腰を折った。

激痛に、眼から涙が滲《にじ》んだ。

頬に左のパンチが叩き込まれた。一発や二発ではなかった。鼻の奥がキナ臭いもので満たされた。ぬるりとした温かいものが、鼻から滑り出てきて唇に伝わった。しょっぱかった。血であった。

殴られた時、大鳳が感じたのは、痛みというよりは温度であった。顔面が、火のようにかっと熱い。

くずおれた大鳳のポケットに、長身の男の手が差し込まれてきた。サイフを探しているのだ。

声がしたのは、その時だった。

「それぐらいでやめておくことだな。強盗までしたんじゃ、ただのケンカじゃおさまらなくなるぜ——」

身体をびくんとさせて、長身の男が顔をあげた。おなじようにふり返った小男の顔に、初めて表情らしきものが浮かんでいた。驚き、というよりは、とまどいに近い表情だった。

そこに、ぬうっとひとりの男が立っていた。

巨漢である。

長身の男が小さく見えるほどだ。一メートル八〇センチは軽く越えていよう。盛りあがった岩のような肩の上に、太い首があり、柔和な顔がその上で笑っていた。

「誰だ、てめえ」

長身の男が吠《ほ》えた。

「通りがかりの者だよ。穏やかじゃない雰囲気だったんでな。ちょっとおせっかいをやきに来たのさ」

「すっこんでやがれ。てめえにゃ関係のねえことだ」

長身の男が凄む。

身体のでかい男には、えてして小心者が多い。自分より大きい相手を、凄むことで何度か威圧してきたことがあるのだろう。長身の男の恫喝《どうかつ》は堂に入っていた。

しかし、巨漢は、毛ほどもそれを感じていないらしい。

「しかしなあ。こうして声をかけちまった以上、これで引き下がっちまうんじゃ、そこの彼が可哀そうじゃないか」

涼しい口調で言う。

「痛い目を見てえのか」

「痛い目を見たがる人間なんぞ、マゾでもなければいるわけないだろう」

「おちょくってるのか、てめえ」

立ちあがりざま、長身の男は、巨漢に殴りかかった。

それを、巨漢はひょいと上体をゆらめかせてかわした。ほとんど身体を動かしていない。両足は地についたままだった。

宙に泳いだ身体をたてなおした長身の男は、自分とその巨漢との力量の違いにようやく気づいたようだった。

べっ、と噛《か》んでいたガムを吐き捨てた。

「糞《くそ》っ」

今度はふいをついたつもりで、巨漢の膝《ひざ》の裏を目がけて、蹴りを入れてきた。

巨漢の男は、左足をあげて、その蹴りに空をきらせ、そのまま左足で、半回転した長身の男の尻《しり》をとんと突いた。

長身の男は、前につんのめって、地面に頬をこすりつけた。

「やっちまえ、菊地！」

倒れたまま、長身の男は、小男に向かって叫んだ。

菊地と呼ばれた小男の、さっきまで何もなかった右手に、魔法のようにスイッチ・ナイフが握られていた。

刃渡りが一五センチはありそうだった。

「きいっ」

獣じみた声をあげ、ナイフの尻を自分の脇腹にためた菊地の身体が、どんと巨漢の身体にぶちあたった。テレビや映画でヤクザがするような格好を、大鳳は、初めてその眼で見た。

自分の眼が信じられなかった。

ひきつった悲鳴が、自分の喉にからまったのがわかった。

大鳳は、てっきり、巨漢が刺されたものと思った。

長身の男もそう思ったのだろう、

「へへ——」

長身の男は、歪《ゆが》んだ唇を震わせて立ちあがった。

ぶつかりあったふたりの身体は、二、三秒の間、動かなかった。

「いかんなあ」

場違いな、とぼけた声をあげたのは、巨漢だった。

巨漢は、両手で菊地を抱くようにして、ゆるく足を開いていた。菊地の背に回された巨漢の右手に、菊地の持っていたはずのナイフが握られていた。

「ケンカにこういうものを使うのはいかん」

言いながら、菊地の身体を抱えあげ、自分の足元に寝かせた。

菊地は気絶していたのである。

おそらく、巨漢は、一瞬のうちにナイフを奪い取り、菊地の身体のどこかに、気絶するような打撃を加えたのであろう。恐るべき早技だった。いつ、どのようなことをしたのか、大鳳にはそれが見えなかった。

菊地が、頭をふって起きあがってきた。

まだ、自分に何が起こったのかわかっていないのだろう。困惑の色が、その顔にあった。

大鳳は、巨漢が、菊地がすぐに蘇生《そせい》するように、打撃を手加減したのだと思った。巨漢が、その唇に笑みを浮かべていたからである。まだ本気になっていないのだ。そうだとするなら、あの状態にあって、巨漢にはまだ余裕があったことになる。

長身の男は、もう逃げ腰になっていた。

その時――

「やめた方がいいよ、灰島《はいじま》。あんたなんかのかなう相手じゃないんだからね、この男は――」

通りの方から響いてきたのは、女の声だった。

大鳳たちのいる場所と、通りとの中間あたりに、両手を腰にあてた女が立っていた。

「由魅《ゆみ》さん――」

灰島と呼ばれた長身の男が、女の名を呼んだ。

その女――由魅は、灰島の声が聞こえなかったように、巨漢を見つめていた。

「お久しぶりね。九十九《つくも》さん」

「由魅か」

巨漢の顔に、笑みが浮かんだ。惚《ほ》れぼれするようないい笑顔だった。刃傷沙汰《にんじょうざた》の最中とは思えないほどだ。

由魅は、四人のいる所まで、みごとな足どりで歩いてきた。背筋がぴんと伸びている。

黒いスカートに、燃えるような紅《あか》いブラウスを着ていた。

由魅が現れたとたんに、場の中心が、さっとそこに移動してしまっていた。鮮やかな登場のしかただった。

ブラウスの胸元が大きく開き、白い肌が惜しげもなくさらけ出されている。胸のふくらみが、ブラウスの布地を、下から大きく挑発するように押し上げていた。紅い布の間に覗《のぞ》く白い胸の谷間が、どきりとするほどなまめかしい。

布越しに乳首の位置が見てとれる。ブラジャーをしていないのだ。

ウエストのくびれも、腰の張りぐあいも、申し分なかった。スラリとした脚も、ファッションモデルそこのけだ。足首もしまっている。

同性の女が見ても、思わずため息をもらすほど、みごとな身体つきだった。

由魅は、ぐるりと見回してから、

「なるほどね」

と、大鳳に視線を止めた。

「だいたいのところは想像がつくわ。灰島と菊地がこの子からカツアゲでもしようとしてたところに、あなたがやってきたってとこね――」

「まあ、そんなとこだ」

「あいかわらずね、九十九さん」

由魅の視線は、大鳳に向けられたままだった。大鳳の、並みはずれた美貌《びぼう》に魅《ひ》きつけられているらしい。

アイライナーに縁どられたキラキラ光る濡《ぬ》れた瞳《ひとみ》が、大鳳の眼とぶつかった。

心臓を、素手でつかまれたようなショックがあった。あわてて視線をそらし、大鳳は、拳《こぶし》で鼻から滴る血をぬぐった。鼓動が速くなった。こめかみを打つ心臓の音がはっきり聴こえる。

自分の顔が、赤くなっているのではないかと思った。

由魅の貌《かお》が眼に焼きついていた。

アイライナーのいらぬほどくっきりとした眼。ブラウスと同じ色のルージュをひいた唇。肩まで垂れたくせのない髪——。いや、それ等よりも何よりも、その貌にたたえられた、不思議な微笑が、鮮やかに大鳳を捕らえていたのだ。

それは、欲情した女の貌であった。

大鳳の本能が、敏感にそれを感じて、眼をそらせたのだ。大鳳自身もまた欲情していたのである。だが、大鳳の意識は、まだ自分の肉のうずきに気づいていないのだ。

大鳳は、自分の心臓の鼓動する音が、この場にいる全員に聴こえてしまうのではないかと思った。

由魅の赤い唇がすっと横に広がり、白い歯がこぼれた。大鳳の心のうちを見すかしたような笑みだった。

「いつ大阪から帰って来たの」

由魅が、巨漢に向かって言った。

眼は、もう巨漢に向けられている。

「今日さ。久しぶりに街を歩いていたら、偶然にこの現場を見ちまった。まあ、本当は、小便をしにこの路地に入っただけなんだがね――」

「あなたらしいわね」

「ところで、久鬼《くき》は元気か」

「ええ。元気すぎるくらい」

久鬼の名が出たとたん、灰島の顔が驚きでこわばった。

「由魅さん。この野郎――いや、こちらは久鬼さんを知ってるんですかい」

灰島は時代がかった言い方をした。

「あなたたちよりはずっとね」

灰島の顔が、何とも言えない表情になった。

由魅が九十九と呼ぶこの巨漢を、心の中であつかいかねている顔つきだ。敵なのか、仲間なのか、計りかねているのだ。

小男――菊地は、さっきから恐ろしい顔で、九十九を睨《にら》みつけていた。一見無表情な顔の下に、さきほど軽くあしらわれたことに対する怒りと屈辱が、どす黒く燃えていた。

「今日はこれでおしまい。帰るのよ――」

由魅が、灰島と菊地をうながすように言った。

灰島はうなずいたが、菊地は、その言葉が聴こえなかったように、九十九を見すえていた。

「ほら、これを返しとくぜ」

九十九が、スイッチ・ナイフを菊地の足元にほうった。菊地は、それには見向きもしなかった。

「いいかげんにしなさい。今、あっさりやられたばかりでしょう。あたしが来なかったら、あんなものじゃすまなかったかもしれないのよ――」

由魅の言葉に、菊地の顔がどす黒くなるのを、大鳳は見た。激しい憎悪の炎が、陰火のように、その眼にめらめらと燃えあがっていた。

――この男、由魅を好きなのだ。

大鳳は、直感的にそう思った。

由魅を好きだからこそ、その前で恥をかかされた九十九に怒りを覚えているのである。

「行くわよ」

由魅が歩き出すと、ねじ込むような視線の一瞥《いちべつ》を九十九に放ち、菊地は由魅の後ろに続いた。もう、大鳳のことなどすっかり念頭から消えているようだった。

由魅の背に、ぴったり寄り添うように従う菊地を見た時、大鳳の心に、苦痛に似た、熱い、得体の知れぬものがこみあげた。

それが、菊地に対する嫉妬《しっと》の念であることに、大鳳はまだ気づいていなかった。

「久鬼によろしく言っといてくれ」

九十九が由魅の背に声をかける。

「わかったわ」

由魅がふり向いた。

「またすぐに顔を合わすことになりそうね。それから、そちらの可愛い方ともね――」

三人の姿が消えた。

夜になっていた。

通りの灯《あか》りと、頭上のビルの窓からこぼれる灯りが、路地に差し込んでいた。

「さて、おれも行くか」

九十九が歩き始めた。

巨体に似合わず、おそろしく軽い足どりだ。

「ありがとうございました」

大鳳は、あわてて九十九に声をかけた。

「礼を言われるほどのことじゃないさ」

九十九が立ち止まり、ふり返った。

「気をつけろよ。あんなのにからまれてケガをしたんじゃ合わないからな」

あの、太い笑みを浮かべた。

人を安心させる、温かい笑顔だ。

九十九が去った後、その路地には、大鳳とナイフだけが、ぽつんと取り残されていた。

2

西城学園――

神奈川県小田原《おだわら》市内にある私立高校である。

小田原城の西、山の手の城山に校舎がある。箱根《はこね》外輪山の巨大な山襞《やまひだ》のスロープが終わるあたりだ。

屋上からは、西に箱根外輪山の山々、北に丹沢《たんざわ》山塊が遠望される。小田原城を見下ろすと、天守の向こうに、相模《さがみ》湾が見える。

東京から新幹線で四〇分、新宿から小田急《おだきゅう》線で一時間半の距離である。

大鳳吼のアパートは、小田急線で一区間新宿よりの、足柄《あしがら》にあった。

市街地よりも、家賃がずっと安い。

安いとはいっても、高校生で、しかも独り暮らしとあっては、ばかにならない額である。

大鳳は、早めに家を出た。

一般の生徒が登校しはじめるより、一時間早く校門をくぐっていた。

さすがに誰もいなかった。

構内は、静まりかえっていた。

グラウンドの奥にある散りかかる寸前の桜が、朝陽を浴びて、しんと明るく輝いている。

大鳳は眼を細めた。

グラウンドは、あっけらかんと広い。

ひどくつまらぬことをしたような気がした。

昨日のふたり——灰島と菊地と顔を合わせぬように早く登校したことが、馬鹿ばかしくなった。

——気にしすぎているのだ。

昨日のことも、今は悪い夢のようである。

悪夢は早く忘れることだ。そう自分に言いきかせようとするのだが、それで肩の荷が軽くなるわけではない。

あれは、もうすんだことなのだ。このまま、あのふたりが自分にかまってこないのなら、この新しい環境の中でも、なんとかやっていけるだろう。

ふいに、由魅のことが頭に浮かんだ。

あの胸のふくらみと、大鳳をじっと見つめた眼——。

何かの残り香《か》のように、それが、静まりかけた大鳳の心を波立たせた。

大鳳は、それをふりはらい、桜の木の下に向かって歩いていった。

腹が減っているのに気がついた。

朝食を食べていないのだ。カバンの中には、駅前で買った、サンドイッチと牛乳が入っている。

幹の下に腰を下ろし、それを食べる。

最後のサンドイッチを手に取った時、大鳳は、一匹の犬が、じっとこちらを見ているのに気がついた。すぐ隣の桜の幹の陰から顔だけを出し、大鳳の手の中のサンドイッチに視線をそそいでいる。切ないほどに腹をすかせている眼だ。

大鳳は、犬と自分との中間に、サンドイッチを投げてやった。

犬は、走りよってくると、あっという間にそれを食べた。

大鳳は笑った。昨日殴られた個所が痛んだ。四発はきれいに殴られたのだ。痛みが残ってあたりまえだ。

顔をしかめながら、大鳳は、まだ牛乳の残っているビンを、犬に向かって差し出した。

犬は、尻《し》っ尾《ぽ》をふりながら、おそるおそる近づいてきた。

ビンを傾けてやると、こぼれてくる白い液体を、犬はきれいに舐《な》めとった。もうこぼれてくるものがなくなっても、犬は舌をビンの中に伸ばして、内側に付いた牛乳を舐めようとする。

「よしよし」

大鳳はまた笑った。

「優しいのね」

ふいに、すぐ傍《そば》から女の声がした。

制服を着た女生徒が立っていた。笑いながら犬を見ている。

「残念だわ。わたし一番最初だと思っていたのに――」

犬に眼をやったまま言う。

ロングヘアの、ほっそりした少女だった。

「え――」

「わたしより早く登校してくるなんて、よっぽど早起きなのね」

少女が大鳳に向きなおる。

二重の優しい眼が、大鳳に向かって微笑んでいた。黒い髪に、桜の花びらが一枚とまっている。

大鳳は、理由もなく、狼狽《ろうばい》していた。

何か、ひどく恥ずかしい現場を見られてしまったような気がしていた。自分は、どんな顔をして犬にビンを舐めさせていたのだろう。だいぶ子供じみていたかもしれない。

「ごめんなさい。驚かせちゃったかしら――」

少女が軽く唇をすぼめると、淡いピンクの唇の表面に、清潔なしわがよった。

同年齢の少女に比べ、いくらか成熟の遅れた、まだあどけなさの残る娘だった。中性的で、妖精《ようせい》的な雰囲気が、少女の肉体を包んでいた。

「君も新入生かい」

大鳳が言った。

牛乳ビンは、もう地面に転がっている。

「ええ。あなたもでしょう。ね、もしかしてC組? 昨日のクラス編成の時に、あなたの顔、見たような気がするわ」

「君もC組なの?」

「そう。担任は大石《おおいし》先生——」

「君は、いつも、こんなに早く学校に来るのかい」

「中学の時からよ。この、誰もいない明るい雰囲気が好きなの」

「へえ」

「あなたもそうなんでしょう」

声を出しかけて、大鳳はあわててうなずいた。本当のことは言えなかった。

「あら、その顔——」

少女は、ようやく、大鳳の顔に気がついたようだった。

「ケンカ、したんでしょう」

「これは——」

大鳳は、殴られた個所に手をやって立ちあがった。ビンを舐めていた犬が、とびのいた。

「転んだことにしておいてもいいのよ」

「そうしてくれると助かる」

大鳳は、ほっとして言った。

少女の顔が、やけにまぶしかった。

3

少女の名前は、織部《おりべ》深雪《みゆき》といった。

大鳳は、その名前を、ホーム・ルームの自己紹介で知った。

深雪の方も、これで大鳳の名を知ったはずだった。

席決め、自己紹介、委員の選出で午前中が終わった。

昼休み——パンで昼食をすませた大鳳の所に、織部深雪がやってきた。

「やあ」

「面会よ、おおとりさん」

「面会？」

「三年生ね。今、私が外に出ようとしたら声をかけられたの。教室の入り口の所で待ってるわ」

不安が大鳳の胃をじわりと締めあげた。

昨日のふたりの顔が、すぐに浮かんだ。

「女の人よ。とても綺麗《きれい》な方――」

声の中に、どこか怒ったような響きがある。

しかし、大鳳は、その響きには気づかない。

ほっとすると同時に疑問がわいた。

「誰だろう」

立ちあがり、深雪に礼を言って廊下に出た。

「大鳳さん」

と、声をかけてきた女がいた。

大鳳は女を見た。はっきりした顔だちの、確かに綺麗な女だった。大鳳よりは小さいが、女としては大柄な方である。

「わたしよ。わかる？」

悪戯《いたずら》っぽい微笑で言う。

黒い濡《ぬ》れた瞳《ひとみ》と唇の形。つい最近見たものだ。喉《のど》もとまで答えが出かかっているのに、それがつかえて出てこない。そんなもどかしさがあった。

「どう、その顔。まだ痛むんじゃないの？」

「由魅、さん？」

言葉が大鳳の口をついて出た。

「そう、由魅よ。亜室由魅《あむろゆみ》――」

「まるでわかりませんでした――」

「無理はないわね。あの格好とこの姿じゃあね。どう、驚いた？」

昨日とは、言葉づかいまでが違う。

大鳳はうなずいた。

目の前にいる由魅が、昨日の由魅と同一人物だというのはわかる。しかし、昨夜の映像と、今ここにいる由魅の姿が、まだぴったりと重ならないのだ。

昨日の由魅は、どう見ても二〇歳か、それより上に見えた。化粧を落としただけで、女はこうも変わるものかと思った。

目の前にいるのは、どう見ても高校生である。

しかし、由魅の魅力が、わずかも損なわれているわけではなかった。匂いたつような、なまめかしい肉体の雰囲気は、制服の下からも、色濃く漂ってくる。それが、磁気を帯びたオーラのように、由魅の肉体を包んでいる。

あの、燃えるような紅《あか》い布の下から覗《のぞ》いていた、白い胸のふくらみを、大鳳は思い出した。

顔が赤くなった。

「何か用だったんですか」

「あなたの顔を見に来ただけよ。それが目的――」

含み笑いをする。

廊下を通る新入生たちが、不思議そうな顔で、ふたりを見てゆく。しかし、由魅は、それをまるで気にしていない。

「からかわないで下さい」

「からかってなんかないわ」

「からかっています。用件を言って下さい。昨日のことですか」

「そのことだったら、後で、ちゃんとあなたを呼びに来る者がいるわ――」

「――」

「驚かなくてもいいわ。あなたをどうにかしようってわけじゃないんだから。わたしの見るところでは、むしろその逆ね――」

「逆？」

「たぶん、ね。久鬼の考えていることは、わたしにもわからないところがあるの。とにかく、あなたは、何も気にしないでいらっしゃい。怖がることとなんてないんだから」

「その久鬼さんていうのは――」

「だめだめ」

由魅は、大鳳の言葉をさえぎった。

「言ったでしょ。わたしはあなたの顔を見に来ただけ。でも、もうその目的はすんだわ。じゃあ、放課後ね――」

にっと微笑んで、由魅は去って行った。

大鳳が教室にもどると、とたんに下卑《げび》た叫び声があがった。

「いい女じゃないか」

「色男は手が早いからなあ」

「もう、やっちまったのかい。すんだらこっちにもまわしてくれるんだろう?」

「俺にも、少しは女を残しといてくれよな」

口笛と笑い声。
五、六人の男子生徒が、輪になって大鳳を見ていた。騒ぎの中心は彼等である。
彼等の揶揄《やゆ》には憎しみがこもっていた。

それは、すでに、大鳳にとっては馴染《なじ》みのものだった。

——またか。

と、大鳳は思った。

またなのだ。初対面の、大鳳と同年齢の男たちの多くが、いつも決まって同様の反応を見せる。彼等は、大鳳の美貌《びぼう》にまず驚き、そして、次には本能的に大鳳を憎む。

程度の差こそあれ、まず、そうである。

たとえ、彼等が口にしなくとも、大鳳は敏感にそれを感じることができた。

いつ頃からそうなったのかはわからない。

気がついた時には、そのような雰囲気がまわりにあった。彼等の反応が、自分の美貌に対してのものであることを知ったのは、中学に入ってからだった。大鳳は、彼等を無視することを覚えた。

それ以来、大鳳は、ほとんど友人らしい友人を持ったことがない。

自意識が過剰になって、大鳳の貌《かお》だちに特別な感情を持っていない者たちとも、しっくりいかなくなってしまったのだ。

すでに、一年C組の内部でも、大鳳の美貌は話題になっていた。

大鳳は、彼等にいいきっかけをあたえてしまったのだ。

「見せつけてくれるじゃねえか」

野太い声をあげたのは、騒いでいる男たちの中心になっている坂口《さかぐち》という男だった。

自己紹介で、出身中学で番をはっていたと臆面《おくめん》もなく言って、担任教師の顔をしかめさせた男である。いかにもそれらしい、ごつい四角い身体つきをしていた。

大鳳は、彼等を無視した。

席についた大鳳の貌から表情が消え、超然とした顔つきになる。

自然に身につけた、自分を守る方法である。

貌が美しいだけに、効果は抜群だった。しかし、それは、薄くもろいガラスの仮面だ。

わずかの暴力で、たやすく素顔が露呈する。昨日がいい例だった。

大鳳の臆病《おくびょう》さが、そんな仮面をつけさせるのだが、相手にはそれがわからない。

かえって反感をあおりたてることになる。

坂口の場合もそうだった。

ぬうっと立ちあがって、大鳳の席に向かって歩いてくる。

心臓がすくんだ。

しかし、それを表情には出さない。

——能面のような貌。

深雪が、痛いほど見つめているのが、大鳳にはわかった。

すぐ横に、坂口が立った。

「もてるんだなあ、大鳳」

ささやくように言う。

教室のざわめきが、すっかりやんでいた。

すべての視線が、ふたりに集まっている。空気がぴりぴりと張りつめている。

大鳳の神経は、限界近くまで緊張していた。いっぱいに張ったゴム風船と同じだ。針先が軽く触れるだけで、簡単に破裂してしまうだろう。

それでも大鳳は黙っていた。

いや、声を出せなかったのだ。声を出せば、それは、昨日以上に震えた、だらしないものになるのはわかっていた。

「いい度胸じゃねえか。え、その面《つら》は、昨日どこかでタイマンはったって面だぜ……」

ダン！

と、轟音《ごうおん》が響いた。

坂口が、拳《こぶし》で大鳳の机を叩《たた》いたのである。

大鳳が声をもらさなかったのは、ほとんど奇跡に近かった。表情もそのままだ。

その音が、あまりに突然だったからである。すくみあがってしまったと言ってもいい。

机への一撃が、もう少し加減したものであったなら、大鳳は、おそらく声をあげていただろう。

坂口は、にやりと笑った。

教室中の者が、かたずをのんだその時、前の戸がふいに開いて、ひとりの男が入ってきた。

大きな男だった。

ひと目で上級生とわかる。昨日の九十九ほどの上背こそなかったが、体重はほとんど同じくらいであろう。

学生服の下に、分厚い肉の塊が、ぎっしり詰まっている。それが、鍛えあげられ、引き締まっているものであることが、布越しにもわかる。

肉の風圧のようなものが、その肉体からむうっと漂ってくるようである。

男は、炯《けい》とした鋭い眼で、教室内を一瞥《いちべつ》した。

眼をそらさずにその視線を受けたのは、坂口だけであった。

「この中に大鳳というのはいるか」

男が言った。低く、落ち着いた声である。

全員の眼が、大鳳にそそがれた。

「おまえか」

大鳳は、呑《の》まれるようにうなずいていた。

「空手部の阿久津《あくつ》だ。今日の放課後、鬼道館《きどうかん》に来てもらいたい。来られるか」

「はい」

気づいた時には、返事が大鳳の口から滑り出ていた。

由魅が言っていたのは、このことだったのだ。

「そうか。約束したぞ。むかえの者をよこす」

それだけ言うと、男は、大鳳の横に立っている坂口に数瞬視線を止め、何も言わずに教室を出て行った。

「けっ」

吐き捨てるように言ったのは坂口だった。

「おかしな眼で俺を見やがって――」

阿久津の出現によって、大鳳に関しては、完全にタイミングをずらされたのであろう。

くるっと背を向けて、仲間のいる方へ歩いて行った。

その時になって、大鳳は、ようやく、自分がとんでもない返事をしてしまったことに気づいていた。

4

鬼道館は、校舎の西側に建てられた、木造の建物である。

西城学園の、剣道部、柔道部、そして空手部が共同で使用している。鬼道館のすぐ西側に、背中合わせの棟続きで、白蓮庵《びゃくれんあん》がある。もとはひとつの建物だったものに、仕切りの壁を入れてふたつにしたものだ。

白蓮庵の方がせまく、その一部は、大きめの茶室風になっており、ここは茶道部と華道部が使用している。

もっとも、茶道部、華道部共に、部室そのものは別にあり、そちらの方はそちらの方で、一般の部員が使っている。

白蓮庵のすぐ先は雑木林である。雑木林は、そのまま、箱根外輪山の山裾《やますそ》となって広がっている。

鬼道館と白蓮庵――ひとつの建物をこのようにふたつに分けたのは、肉体は鬼神のように強く、心は白い蓮《はす》の花のごとくに――という意味のものであるらしい。

鬼道館の内部は、畳敷きと板敷きとに分けられていた。

畳敷きの方が二〇畳、板敷きの方が三〇畳ほどで、仕切りの壁はない。畳のある方を柔道部、板の間の方を空手部と剣道部が使用していた。

大鳳は、空手着を着た男の後から、鬼道館の中に足を踏み入れた。

中は、しんと静まりかえっていた。

人がいないのではない。ざっと五〇名近くの人間がいる。その五〇名近くの人間全員が、両側の壁際にきちんと正座をして眼を閉じているのである。

ほとんどの人間が、空手着、柔道着、剣道着を着ている中で、ひとりだけ学生服姿の人間がいた。

学生服姿の男は、左右に皆を従えるように畳の間の一番奥に座って、左手を軽く前に出し、考えごとをするように首を傾けていた。左手に握られているのは、紫の花を付けた菖蒲《あやめ》であった。右手には花バサミが握られていた。

その男は、目の前の水盤に、花を活《い》けていたのである。

大鳳を連れてきた小柄な空手着の男は、学生服姿の男に向かって一礼し、列の一番端に、皆と同じように正座をした。学生服姿の男は、ふたりが入ってきたことにまるで気づいた風もなかった。

じっと、左手の菖蒲を見ている。

大鳳は、どうしていいかわからずに、そこにつっ立っていた。下は板の間である。靴下を通して、硬い板のひんやりした感触が伝わってくる。

鬼道館に入る時、上履《うわば》きをぬがされたのである。

あがってすぐが板の間、その奥が畳の間だった。左右の列の端に座っている何人かは、直接板の上に正座している。

「大鳳くんですね」

ふいに、菖蒲を手にした学生服姿の男が、眼をあげて言った。

落ち着いた声だった。

その声が響いたことにより、部屋の静寂が一層増したようだった。

「はい」

「こちらへ来て座りませんか」

大鳳は緊張した足取りで、男の前までゆき、そこに正座をした。

男の眼は、再び菖蒲にそそがれていた。

その貌《かお》を見て、大鳳は軽いショックを覚えていた。

その男は、大鳳に優るとも劣らない、美しい貌をしていたのである。貌の造りそのものはむろん違う。しかし、その優美さには、大鳳にも共通した、あの、どこか人間離れしたものがあるのである。

だが、男と大鳳を比べてみると、決定的に違うところがある。

男の全身からは、大鳳にはない、己に対する絶対的な自信が漂ってくるのである。ひ弱ではない、内側から光る完成された美だ。

わずかな仕種や口調、表情にも、強い意志が一本通っている。

それは、ストイックな者にありがちな、その肉体を硬くおおうものではなく、内側から滲《にじ》み出てくるものだ。

「どうしますか」

花を見つめたまま男が言った。

「――」

「これを、あなたならどうしますか」

驚くほど深い色をした黒い瞳《ひとみ》を、すっと大鳳に向けた。

大鳳に向かって、菖蒲が差し出されていた。

男は、大鳳に、おまえならこの菖蒲をどう活けるか、と訊《き》いているらしかった。

大鳳はようやくそのことが呑み込めた。

大鳳は水盤に眼をやった。

楕円《だえん》形の薄い水盤には水がはられ、三本の菖蒲が活けられていた。そのうちの一本に花が咲いていたが、残りの二本は葉だけである。シンプルな構成の中に、不思議な落ち着きが感じられた。凜《りん》としたものが、静かなたたずまいの空間に、みごとな調和を見せている。

手練《てだ》れの筆が、さっと描きあげた、切れるような日本画の趣がある。

南の窓から、西に傾きかけた陽光が、大鳳の膝元《ひざもと》の畳に、滑るように伸びていた。

「どうしていいか、ぼくにはわかりません」

どこにその一本を活けても、水盤上にできあがった調和をこわしてしまいそうだった。

大鳳の気持ちを読みとったように、男がつぶやいた。

「どうするかは、もう決まっているんです。今、ここへ入ってきたあなたの顔を見て、ちょっと考えを訊いてみたくなったんですよ」

「決まっている？」

「はい。こうするのです」

男は、右手の花バサミで、手に持った菖蒲の花を無造作に切り落とした。

とん、と、まるで音でもたてたように、紫色の花が畳の上に落ちた。

「この花も、確かにみごとに咲いてはいるのですが、こちらでは、もうすでにひとつの美が完成されています。その美にとっては、この花がどんなに美しく咲いていようと、もはや邪魔なだけです」

花バサミを畳の上に置いた。

「自己紹介をしていませんでしたね」

男が言った。

正面から、大鳳の眼を見すえた。

「久鬼麗一《くきれいいち》といいます」

その時、背後に人の気配がした。

新たに、誰か入ってきたらしい。

大鳳はふり返った。

ひとりの、学生服姿の大きな男が、あの由魅に連れられて入ってきたところだった。

男は、頭をかきながら、きちんと正座をしている男たちを、困ったような顔で眺めていた。

その顔に見覚えがあった。

大鳳と眼が合ったとたん、その男の顔が、人なつっこい、惚《ほ》れぼれするような笑顔になった。

「よう。また会っちまったな」

その男は、昨日、大鳳が助けられた巨漢——九十九だったのである。

5

九十九は、大鳳の横に、どっかりと座した。

堂に入ったみごとな姿勢だ。まるで岩である。

「元気そうですね」

久鬼が言った。

「ああ。そっちも相変わらず、と言いたいところだが、なかなかご大層な様子じゃないか——」

九十九が、左右に並んで座っている者たちを、ぐるりと見渡した。

久鬼は、口元に、わずかに笑みを浮かべただけだった。

「円空山《えんくうざん》には、もう行きましたか」

久鬼が言った。

「まだだよ。ここの用がすんだら、雲斎《うんさい》先生の所に顔を出すつもりだ」

「もう一年以上も会ってない。顔を出したら、久鬼がよろしく言っていたと伝えてくれませんか」

「わかった。ところで、足を崩させてもらうよ。どうも正座というのは、性に合わん」

九十九は、胡座《あぐら》をかいた。

「あんたも足を崩したらいい。ここの連中につきあって正座なんかしてると、足がしびれちまうぜ」

大鳳に向かって九十九が言う。

「かまいませんよ」

と、久鬼がうなずく。

「このままで、平気です」

大鳳は、頬をひきしめて言った。

足は、すでにしびれかけている。しかし、九十九のように胡座をかく勇気はなかった。

この場の雰囲気に、すっかり呑《の》まれているのだ。

　自分が来る前から正座をしている人間の前で、後から来た自分が、先に膝を崩すわけにはいかなかった。大鳳の、せめてもの意地であった。

　が、そんな自分の気持ちも、すっかり久鬼と九十九には読まれているような気がした。

「そろそろ用件を聴かせてもらいたいな。もっとも、この大鳳がここにいるところを見れば、だいたいの想像はつくがね」

　九十九が言った。

　昨日、ナイフをつきつけられた時の口調と、少しも変わってない。

　久鬼も、九十九も、どちらも自信に満ちた大人びた雰囲気を感じさせるが、その個性にはまるで異質なものがあった。

「灰島と菊地。前へ出てきなさい」

　久鬼の声が凜と空気を打った。

　右手の列から、ふたりの男が立ちあがった。長身の男と小男、灰島と菊地だった。ふたりとも、空手着を着ていた。

　ふたりは、前に出てくると、九十九の横に、いくらか距離をとって立った。

「このふたりが、昨日は、たいへん失礼をしたそうですね」

　灰島が、気の毒になるほど緊張しているのが、大鳳にはわかった。菊地の方は、細い眼で宙を睨《にら》んでいる。何を考えているのか見当もつかなかった。

「たいしたことじゃない。もうすんだことだ」

九十九が言った。

「聴くところによると、ナイフさえ使ったらしいですね。大鳳くんの顔には、まだ殴られた跡が残っていますね。それは、この灰島がやったのでしょう」

大鳳は、黙っていた。

久鬼の意図がわからぬうちは、何とも答えようがなかった。

「灰島――」

と、久鬼は、大鳳から灰島へ、質問の相手を変えた。

「おまえは、大鳳くんを殴りましたね？」

「久鬼さん、そ、それは――」

灰島が、やっとという感じで声を出す。

「答えなさい」

「殴りました」

「何回ですか」

「四発――たぶん四回だったと思います」

灰島は、哀れなほど畏縮《いしゅく》していた。

「菊地は、大鳳くんには手を出していないのですね」

「大鳳に手を出したのは自分だけです」

「わかりました」

久鬼は、大鳳に向きなおった。

「大鳳くん、今、この場で、あなたが殴られた数だけ、灰島を殴りなさい。ぼくが許します」

平然と言った。

大鳳は、一瞬、その言葉の意味がわからなかった。が、雷の閃光《せんこう》の後に、遅れて雷鳴が響いてくるように、その言葉の意味が大鳳に追いついてきた。

「後の心配はいりません。遠慮は無用です」

声を出せずにいる大鳳を、久鬼がうながした。

しかし――

大鳳はどうしていいかわからなかった。

今まで、本気で人を殴ったことなどなかった。どう殴っていいか見当がつかない。昨日ならばともかく、今は、灰島を殴りつけたい、という意志そのものが欠如しているのだ。

いや、正確に言うなら、現在でも、灰島に拳《こぶし》を叩《たた》き込んでやりたいという気持ちはある。もっと正確に言うなら、それは、強くなりたい、という欲望――暴力に対する飢えである。相手は灰島でなくてもかまわなかった。

大鳳の心には、暴力を恐怖する気持ちと、暴力そのものを、自分の力として思う存分駆使してみたいという願望があった。暴力を憎む気持ちが強ければ強いほど、また、その願望も強かった。自分のひ弱さが呪《のろ》わしかった。

時には、己の中に潜む、暴力への激しい渇望に、慄然《りつぜん》とすることすらあった。

しかし、それは断じてこのようなものではなかった。今、目の前で畏縮しきっている男を、他人の力をかりて殴りつけるものではなかった。

やるのなら、自分がもっと強くなって、自分の力で、灰島を叩き伏せるのでなければならなかった。

「できません」

大鳳は言った。

緊張で声がかすれたが、せいいっぱいの意志を、その言葉にこめた。

「そうですか。しかたありませんね」

久鬼がつぶやくと、灰島が、いきなりわめき出した。

「殴ってくれ、大鳳！」

悲痛な声だった。

「頼む。おれを殴ってくれ。でないと――」

「黙りなさい」

久鬼が、言った。

低い、静かな声だが、拒否を許さぬ、断固としたものがあった。

久鬼は、両側に並ぶ道着姿の男たちに、悠然と視線をめぐらせた。

久鬼の眼が、ひとりの男の上で止まった。

「阿久津──」

久鬼が言った。

「は──」

と、その男が、頭をそびやかした。

それは、昼休みに大鳳を訪ねてきた男──空手部の阿久津だった。

「灰島も菊地も、空手部の人間でしたね」

「はい」

「主将のおまえが、大鳳くんにかわって始末をつけなさい」

灰島の身体が、硬直した。

ぬうっと、阿久津が立ちあがった。

巨大な羆《ヒグマ》のようであった。

灰島の前まで歩いてくると、そこに立ち止まる。眼が、すっと細められた。

「いくらか手加減しなさい」

久鬼が、阿久津に声をかけた。

「わかっています」

答えるのと、手が繰り出されるのと、ほとんど同時だった。

灰島の頬に正拳がふたつ、腹に前蹴《まえげ》りがふたつ、きれいに入っていた。合わせて四つ。大鳳が殴られたのと同じ数である。

灰島が、腹を両手で抱え、畳の上で身体をねじくって悶《もだ》えていた。

啞《あ》然《ぜん》とするような光景だった。

大鳳は、そっと由魅の方を盗み見た。

由魅の眼は、熱く濡《ぬ》れてキラキラ光っていた。形のよい鼻の穴が、小さくふくらんでいる。明らかに興奮しているのだ。

逆に、九十九の顔には、あからさまな不快感が現れていた。その顔を見た時、大鳳はほっとした。正常な人間がこの場にいてくれることが、ひどくありがたかった。

「次は菊地ですね」

冷ややかな、久鬼の声が響いた。

菊地は、心持ち憮《ぶ》然《ぜん》とした面持ちで、立ったままであった。表情も、ほとんどかわりがない。

「おまえは、ぼくの友人の九十九に、刃物を向けたそうですね。知らなかったとはいえ、許されないことですよ。もっとも、相手が悪かったようですがね。いや、相手が九十九で良かったと言うべきかな。これが、ぼくであれば、腕の一本も折られていたでしょう」

菊地の顔が、微《かす》かに赤黒く染まっていた。

昨日の屈辱を思い出したのだろう。

「阿久津、菊地には手加減は無用です。おもいきりやりなさい。ただし、ひとつだけです。急所はちゃんとはずすのですよ――」

「やめろ」

重い声で九十九が言った。

「これは私刑《リンチ》じゃないか」

ほとんど何事にも動じない九十九の顔が、苦いものを噛《か》んだようになっていた。

「やめなくていい」

硬い声でつぶやいたのは、菊地だった。

凄《すご》い眼で、九十九を睨《にら》んでいた。

普通よりも小さい黒眼が、ぎらぎらと憎悪に燃えていた。

「おまえ、おれが殴られるの、見ろ。おまえ、見なくてはいけない。おれが平気なのを、ちゃんと、見ろ――」

菊地が、ぶつぶつと唸《うな》るように言った。

その言葉が終わらないうちに、阿久津の強烈な前蹴りが菊地の腹にぶち込まれていた。充分に体重の乗った、みごとな一発だった。

菊地の身体は、数メートルもふっとんでいた。

阿久津とでは、身体の大きさが違っていた。身長で三〇センチ、体重では五〇キロ以上の差があるだろう。

素手の戦いの場合、体重《ウェイト》の差は決定的である。

菊地は、げえげえと、昼に腹に入れたものを吐き出していた。

吐きながら、燃える眼で九十九を見ていた。

暗く青白い陰火の瞳《ひとみ》だ。

「どうなってやがるんだ、まったく――」

九十九が、苦いものを吐き捨てるように言った。

「用事というのはこれだったのか」

「そうだ」

「おれは帰らせてもらうぜ」

九十九が立ちあがった。

「これで、昨日からのことは全部すんだと、そういうことにさせてもらう」

きっぱりと久鬼が言った。

「かってにするんだな。おい、大鳳、これ以上こいつらにつきあうことはない。出よう」

九十九にうながされて、大鳳は立ちあがった。足がもつれた。しびれて半分感覚がなくなっていた。

「無理をするからだ」

九十九が苦笑する。

大鳳はほっとした。この巨漢の笑顔には、見る者を安心させる力がある。

「大丈夫です」

大鳳は、ほっとした気持ちを面に現さないようにしながら、怒っているようにも聞こえる声で言った。足のしびれたことに対する気恥ずかしさが、そうさせたのである。

背を向けようとした大鳳に、久鬼が声をかけた。

「大鳳くん。よかったら華道部に入りませんか――」

久鬼の涼しい眼が、大鳳を見ている。

「――」

「まだ入部先を決めてないいんでしょう」

「華道部、ですか」

「ぼくが部長をしています」

「でも、ここは――」

大鳳は、まわりに座っている道着を身につけた男たちを見回した。

「鬼道館の管理は、ぼくにまかされているのです」

大鳳は、平然とそう言ってのける久鬼に、寒さにも似た驚きを覚えた。

〝まかされている〟というのは、むろん学園からまかされているという意味であろう。

それが、どの程度のことを意味するのかはわからなかったが、この場の雰囲気には、単にまかされているという以上のものがあった。

久鬼は、この場にいる男たちに対して、絶対的な支配権を持っていた。独裁者のようである。

体力的に、久鬼に劣ると思われない、阿久津や、柔道、空手、剣道の猛者《もさ》たちが、すっかり久鬼に心酔しきっている風だった。

この分では、久鬼が、死ねとひと言言えば、死ぬ人間だっているかもしれない。

「君の活けた花を見てみたい」

久鬼の眼が、静かに大鳳を見あげている。

「ぼくは──」

大鳳は、久鬼から視線をそらしてうつむいた。

「どうですか」

「ぼくは、花は好きです。けれど──」

大鳳は口ごもった。

「どうぞ、言って下さい」

久鬼が言う。

大鳳は、どもりながら言葉を探した。

とまどっているうちに、大鳳の意思に反して、その言葉の方が自然に口からすべり出ていた。

「──けれど、ぼくはあなたを好きになれません」

言ってしまってから、大鳳はその言葉の意味に気づき、びくっと身体が震えた。

その言葉を聴いた男たちが息を呑《の》む気配が、部屋を打った。阿久津の顔が、すっと青くなった。

一瞬静まりかえった部屋の中に笑い声が響いた。

大声ではないが、喉《のど》の奥からもれる、くっくっといういかにもおかしそうな笑い声だった。

九十九だった。

「こいつはいいや。見直したよ、大鳳」

九十九が、大鳳の肩に手をかけた。

「一本とられましたね」

と、久鬼が言った。

見ると、久鬼も口元に笑みを浮かべていた。

「じゃ、行くぜ」

久鬼に声をかけ、大鳳の肩に手をかけたまま、九十九は歩き出した。

二章　円空拳

1

誰もいないと思っていた教室に、ただ独り、織部深雪が残っていた。

「大丈夫だったの？」

大鳳が入ってゆくと、それに気づいた深雪が声をかけてきた。

「大丈夫さ」

「心配しちゃったわ。空手部の人なんかに呼び出しをかけられたんですもの——」

「それで、ぼくを待っていてくれたの？」

言ってしまってから、大鳳は狼狽《ろうばい》した。

ひどく露骨なことを訊《き》いてしまったような気がした。自分の意思とは別に、つい口の方が滑ってしまうのだ。

頰が熱くなった。

深雪は、頬を染めて眼をふせていた。

「よかったわ」

眼をふせたまま、深雪が言った。

まぶたが桜色になっている。

大鳳は、ふいに、深雪を抱き締めたい衝動にかられた。

自分のことを待っていたらしい少女に、可憐《かれん》なものを感じたとたんに、それが荒々しい肉の欲望に変わっていた。

男の肉体に突然襲ってくる、あの嵐のような激しい渇望だ。

深雪の、細っそりした身体を抱き締め、服をぬがし、成熟しきってない乳房を、手のひらに思いきり感じてみたかった。

自分が、ひどくいやらしい獣に変わってしまったような気がした。

男は、誰でも、皆、自分の中にこのような獣を飼っているのだろうか、と大鳳は思った。

目の前にいる、この少女の肉体の中にも、このような嵐が吹くことがあるのだろうか。

深雪が眼をあげた。

きれいな黒い瞳が、あどけない、といってもいいくらいの表情で、大鳳を見ていた。

大鳳は、自分の内にふきあげる、暗い欲望を、すべてその眼に覗《のぞ》かれてしまったような気がした。

「ありがとう」

恥ずかしさをまぎらわすように、大鳳は、必要以上に大きい声で礼を言った。

外へ出る。

深雪と一緒だった。

校門の前で、九十九が待っていた。

「おやおや」

ふたりを見ると、九十九は太い指で頭をかいた。

「まいったなあ」

まるでまいってはいない口調で言う。

大鳳が深雪を紹介すると、九十九はぬっと巨大な右手を差し出した。

「九十九三蔵《さんぞう》です」

深雪の手を握った。

深雪の、白い、華奢《きゃしゃ》な手が、九十九の手にすっぽりと包まれて見えなくなった。

「ずいぶん大きいんですね」

深雪は、九十九を見あげながら言った。

声に賛嘆の響きがある。

まったく惚《ほ》れぼれするような大きさだ。これだけ大きいと、どこか、愚鈍そうな、肉のゆるんだ感じがあるのだが、九十九は違っていた。みごとに肉体のバランスがとれ、筋肉も引き締まっている。

「身長、どのくらいあるんですか」

歩き出しながら、深雪がたずねる。

「一九〇センチくらいかな。もっとも、計ったのはだいぶ前だから、一、二センチは伸びてるかもしれない。

「わたし、一五六センチだから、三五、六センチも違うのね」

三人で歩いていると、九十九だけが、頭ひとつとび抜けている。

九十九も大鳳も、鬼道館でのことは、ひと言もしゃべらなかった。深雪も、気をきかせているらしく、そのことについては訊いてこなかった。

「じゃあ、わたしの家はこっちだから――」

しばらく歩いたところで、深雪が立ち止まった。

別れ際に、深雪は、子供じみた仕種《しぐさ》で頭を下げ、大鳳と九十九の顔を交互に眺めて、楽しそうにうふっと声をあげて笑った。

「さようなら、また明日ね――」

深雪と別れ、歩き出したとたん、九十九が、肘《ひじ》でとんと大鳳を突いた。

「いい娘《こ》じゃないか」

「はい」

「邪魔をしちまったかな」

「違います。まだ、そんな——」

大鳳はあわてて言った。

九十九が、おもしろがって言う。

「何が違うんだ」

大鳳は言葉をつまらせた。

笑いながら傍らを歩く九十九に、大鳳はとりつくろうように言った。

「九十九さん」

「なんだ。女の相談なら断るぞ。そっちの方はからきしだめなんでね」

「そうじゃありません。九十九さんは、前から久鬼さんのことを知ってるんですか」

「ああ」

「小田原には、来たばかりなんでしょう。これまで大阪にいたって——」

「いたよ。しかし、大阪に行く前には、こっちにいたのさ。西城学園には、一年の時に半年だけいた。それが親父の仕事の都合でね、しばらく大阪の高校へ行ってたんだ。もともとは小田原の人間さ。この春、親父がこっちにもどることになったんで、一緒にもどってきたってわけさ——」

「何か、スポーツ——いや、空手か武道のようなものをやっているんでしょう」

「わかるか」

「昨日、指先で、菊地さんの背中のどこかを軽く突いたでしょう」

「おやおや」

九十九の声の中に、微《かす》かな驚きがこもっていた。

「あれが見えたのか」

「いえ。すごく速くて、よくわかりませんでした。そんなような感じだったんです」

「たいしたものだよ、大鳳。言う通りさ」

「九十九さんは強いんでしょう」

「ああ、強い」

あっさりと言った。

九十九のあっけない言い方は、かえって真実味があった。

普通の者なら、自分の腕にいくら自信があっても、たいしたことはない、と謙遜《けんそん》するところであろう。その逆にしても、変に鼻についてしまう。

「どのくらい強いんですか」

「そうさなあ」

九十九は、暮れかけた空を見上げた。

「まあ、相当なものだろうな」

ぬけぬけと言う。

それだけ聴いていると、あまり強そうな感じはないが、実際にその巨体と肩を並べて歩いていると、何気ない言い方でも迫力があった。

「ぼくでも強くなれますか」

考えあぐねて、ようやくといった風に、大鳳が言った。

「さて――」

九十九は立ち止まって大鳳を見た。

大鳳もつられて立ち止まる。

「強くなりたいんです」

大鳳は、挑むような眼で九十九を見た。

「そりゃあ強くはなれるだろうな」

「本当ですか」

「もちろん。少なくとも今よりはね。しかし――」

「――」

「自分より強くなることは無理だぞ」

「自分？」

「そう。本人が、本人より強くなろうとしたら、自分を滅ぼしてしまうだろう」

「どういうことですか」

「わからなくてもいい。今、ちょっとあんたの眼を見ていたら、ふっと、思い出したのさ」

「何をですか」

「久鬼のことさ。あいつも昔はそんな眼つきをしていたよ」

「久鬼さんが？」

「ああ」

「円空山とか言ってましたが――」

「雲斎先生のことか」

「はい。九十九さんは、そこで空手を習ったんですか」

「そんなところだ」

「ぼくをそこへ連れて行って下さい。さっき、円空山へ行くと言ってました」

「ふむ」

九十九は、がっしりした顎《あご》に手をあて、自分でうなずいた。

「それもおもしろいかもしれないな。雲斎先生に、おまえを会わせてみたくなってきたよ」

2

ふたりは、箱根湯本《ゆもと》行きのバスに乗り、風祭《かざまつり》で降りた。

夕刻である。

あたりはもう薄暗い。

ミカン畑の中を一五分ほど登り、まばらな雑木林の中に入った。雑草の多い小径《こみち》を踏んでゆくと、そこに、一軒の家が建っていた。いや、家というよりは、木造の小屋のような感じである。

「これが円空山さ」

九十九が言った。

「この家がですか」

「そうさ。もっとも、雲斎先生が勝手にそう呼んでるだけだがね」

「お寺みたいですね」

建物のことを言ったのではない。

真言宗《しんごんしゅう》の高野山《こうやさん》、天台宗《てんだいしゅう》の比叡山《ひえいざん》などのように、仏教では、宗派や寺の名前を呼ばずに、かわりに山の名を呼んだりする。

大鳳はそのことを思い出したのである。

「そんなところだな」

九十九が、入り口の上にかかった表札を指さした。

『円空山・真壁《まかべ》雲斎《うんさい》』

とある。

大気の中に満ちている夕陽の残光が、木の板に書かれた墨の文字を、薄く照らしていた。

「どうも留守らしいな」

家の気配をうかがってから、九十九がつぶやいた。

「家の人はいないんですか」

「先生は独り暮らしさ。たぶん畑か山芋だろう。なあに、待っていればすぐに帰ってくるさ——」

九十九が、風雨にさらされ尽くした木の引き戸に手をかけると、留守だというのに意外とすんなり戸が開いた。

「さあ、入るといい」

大鳳を先に入れ、続いて九十九が入ってきた。

まず、土間があった。

続いて板の間があり、囲炉裏《いろり》がある。

鉄瓶《てつびん》が下がり、そのすぐ下に、灰をかぶった熾《おき》が、まだ消えずに赤い腹を見せていた。

思ったよりも広い。

一見、古風な小屋暮らしと見えたが、九十九が灯《あか》りを点《つ》けると、必ずしもそうではないことがわかった。

ビデオ付きのカラーテレビ、最新のオーディオ・セット、冷蔵庫と、ひと通りの電気製品がそろっている。

囲炉裏の前に、焼酎《しょうちゅう》のビンと、湯呑《ゆの》み茶碗《ぢゃわん》が置いてあった。湯呑みの横に半開きになっている本は、なんと「サイエンス」の最新号である。

「相変わらずだな」

口に笑いをためて、九十九は、囲炉裏の前に、どっかり胡座《あぐら》をかいた。

大鳳も、そこに胡座をかいて座った。

――真壁雲斎。

いったいどんな人間なのか。まるで見当がつかなかった。

「どういう方なんですか」

大鳳は、壁の本箱に眼をやりながら言った。

本箱には、動物の写真集から、コミック、小説、科学書が、いずれも同じ比重で収められ、こちらに背表紙を向けていた。

「戻ればわかるさ」

九十九が楽しそうに言う。

真壁雲斎と九十九とは、だいぶ親密であるらしかった。

「そうだな。ちょっと試してみるか」

九十九が、何か思いついたらしく、大鳳に眼で合図した。

「大鳳。いずれ、先生が帰ってくるから、その時、入り口で待ち伏せして、先生をぶん殴ってみるか――」

時代劇めいたことを言う。

「殴るって、ほんとうにですか」

「おもいきりやってもいいぞ。戸の横に立っていて、先生が来たら好きなやり方でぶん殴ってやればいい。そのへんの棒きれを使ってもかまわないぞ──」

「だいじょうぶなんですか」

これが時代劇であるなら、武者修行の若者の一撃を、名人が鍋《なべ》のふたか何かで、はっしと受け止めるのであろうが、実際にそんなことがあるのだろうか。

「わからんなあ」

とぼけた顔で言う。

「まあ、挨拶《あいさつ》がわりさ。久しぶりだからな」

「おいおい」

その時、いきなりどこからか声が聞こえてきた。

「ぶっそうな話をしとるなあ」

不思議な温かみをもった、男の声だった。

「先生──」

九十九が本箱の方に向かって言った。

本箱が、ごとごとときしりながら横に動き、そこから白髪の男が出てきた。

「挨拶がわりに叩《たた》かれたんではたまらぬわ。ひでえ弟子があったもんだ」

怒ったように言ってはいるが、声には、たっぷりと愛情がこもっているのがわかる。

眼が笑っていた。

「そんなところにおられたとは知りませんでした。先生はずるい」

「何を言いやがる。勝手に人の家にあがり込んでおいて」

「いつ、そこにそんな部屋をお造りになったんですか」

「ふふん」

口元をひゅっと吊《つ》り上げて、子供のような笑みを浮かべた。九十九の笑顔と通ずるものがある。

ジーンズに、綿のシャツの袖《そで》を肘《ひじ》までまくりあげている。

白髪さえのぞけば初老といった感じだが、若者のような服装だった。それが、不思議とよく似合っている。

「大阪で、頭がボケよったか。一年以上もたてば、ここがビルになっておってもおかしくはないわ」

「先生にはかないません」

「殊勝なことを言いおる」

言いながら、雲斎は、どん、とぶっきらぼうに、囲炉裏の前に胡座をかいた。

「みやげはないのか」

「残念ながら――」

九十九が言うと、雲斎は、ちい、ちっ、ちっと舌を鳴らした。

「そんなことでは、出世できぬぞ。せいぜいがわしみたいなところだ」

「その先生のように、なりたくて――」

「ちえっ。大阪でなろうたのは、世辞だけか」

「この大鳳がみやげのかわりです」

九十九が、初めて、大鳳を雲斎に紹介した。

大鳳は、ぺこりと頭を下げた。

「ほほう」

雲斎が、大鳳を見つめて、おもしろいものを見つけたような声をあげた。

大鳳の眼をじっと見すえ、

「竜眼《りゅうがん》じゃな」

ぼそりと言った。

「やはりそうですか」

「うむ。あれと同じような眼をしている」

「久鬼とでしょう」

「いかにもな――」

「久鬼さんと？」

大鳳がようやく口を開いた。

「さようさ。もう久鬼とは会ったのか」

大鳳はうなずいた。

「この大鳳は、初対面の久鬼に向かって、おまえなど嫌いだと言ったのです」

九十九が、その言葉を用意していたように言った。

「ほう。あの久鬼に向かってか」

「はい」

「そいつは見たかったたな」

雲斎が眼を細めた。

「違います。好きになれないと言ったんです」

大鳳があわてて言った。

「同じようなものさ」

九十九が、やはり眼を細めて言う。

「久鬼さんを知っているんですか」

大鳳が、雲斎に向かって言った。

「昔、ここでな、この九十九めと一緒に、わしから円空拳《えんくうけん》を習っておったのよ」

「円空拳?」

「名前はご大層だが、たいしたものではない。赤子の稚技《ちぎ》よ」

「空手か何かですか」

「本当は違うが、素人目には、まあ、同じようなものであろうな」

「その円空拳を習えば強くなれますか」

大鳳は、先ほど九十九に言ったのと同じ言葉を口にした。

「ほう」

真剣な大鳳の顔を、含み笑いをためながら、雲斎は眺めた。

「おぬし、強くなりたいのか」

「はい」

「正直な男だな。何のために強くなりたい？」

「強くなれば、自分に正直に生きることができるからです」

「別に、ケンカに強くなくとも、自分に正直に生きることはできようが――」

「それは理屈です」

「ふむ」

「暴力に屈して、自分のプライドを捨てねばならないことが、今までに何度もありました。昨日は、九十九さんが助けてくれなければ、お金をとられるところでした――」

雲斎は、じろりと九十九を見た。

九十九は、どっしりと座ったまま、じっとふたりのやりとりを聴いている。

「何もな、腕力が強いだけが暴力ではないぞ。金のために、おぬしの言うプライドとやらを捨ててきた人間を、わしは何人も知っとるよ。今の世で、本当に自分を守りたかったら、金をためればよろしい。しかし、全てでも万能でもないがな」

「では、人は弱くてもいいんですか」

「そうは言うとらんよ。ケンカに強いか弱いかなんぞは、この世の中のいろんな競争のひとつにしかすぎぬということさ」

「でも、強ければ、自分に自信が持てます」

「金がしこたまあるだけでも、絵がうまいだけでも、自分に自信を持つことはできる」

「ですから、それは理屈です。ぼくは強くなりたいんです」

「強くなる、ということには限度がない。いくら強くなっても、世の中にはもっと強い者がいるだろう。結局その者には、頭があがらなくなる。もし、この世で一番強い人間になったところで、相手が銃を持っていたら終わりだ。ズドンと一発やられ、それまでということだな。それに、人は歳をとる。歳をとれば、いずれ若い者には負けてしまうぞ」

「ではどうすればいいのですか」

「ま、争わぬことだな。争わねば負けることはない――」

「それは詭弁《きべん》です」

「いかにも詭弁さ」

ぬけぬけと言う。

大鳳は、自分がからかわれているような気がした。

大鳳は黙り込んだ。

「また先生の説教癖が始まりましたか」

九十九が言った。

「まあ待て。よい気分だからもう少し言わせろ――」

雲斎は、一升ビンから湯呑《ゆの》みに焼酎《しょうちゅう》をそそぎ、それを眼を細めて飲んだ。

「大鳳は、先生から円空拳を習いたがっているのです」

「わかっておるわ」

残った焼酎を飲み干した。

大鳳は顔をあげ、雲斎に、挑むような視線を向けた。

「ぼくに、円空拳を教えて下さい」

「怖い顔をするな。教えてやらぬと言ってるわけではない。おまえたちに、ちょっと見せておきたいものがある。こっちへ来なさい。話はその後だ」

雲斎は立ちあがり、本箱をごとごとと開けて、中へ入って行った。

「早う来んか、九十九。おぬしのようなまけ者には縁のないシロモノだが、見ておいて損はないぞ――」

大鳳と九十九は、雲斎の後からその部屋に入って行った。

3

「どうかね。ん？」

雲斎が、悪戯《いたずら》っぽく眼の端に皺《しわ》をよせて言った。

「こいつはまた驚いたなあ」

九十九は、それに手を触れて素直な声をあげた。

「パソコンですね」

と大鳳。

せまい部屋であったが、がっしりしたテーブルの上に、でんとそのパソコンとその周辺機器がすえられていた。安ものではないらしい。

ふたりの反応を、楽しそうにうかがっていた雲斎は、とん、と片手をそのパソコンの上に乗せた。

「さよう」

「これを先生がいじられるのですか」

「いかにも、ぬしのお師匠どのがいじられるのさ。今日び、このくらいのものがいじれぬでは、話にならぬぞ」

「多少はやりますが、おれは、どうもこういうのは苦手だ」

「ぬしなどがこいつをあつかうと、脳みそがひきつけを起こしてしまうわ。前からも言っておろうが、九十九。強いだけでは、ゴリラとかわらぬぞ」

「ゴリラというのは、あれでなかなか、気の優しい動物ですよ」

「わかっておるわ。たとえばの話よ」

「それで、何のためにこんなものを買ったのですか」

「道楽よ」

「道楽？」

「今は、もっぱらゲームをやって楽しんでおる」

「なんだ」

「なんだではない。ゲームのソフトは、皆、わしがたたき込んだものばかりだぞ」

「どんなゲームなんですか」

「まあ、見ていろ」

　スイッチを入れた。

　画面の左側に、小さな人の形が現れた。

大人の女を横から見た像である。尻《しり》が大きく、胸が前に出ていることからそれとわかる。どうも裸であるらしい。

　画面の右側に、もうひとり人がいる。それは、やはり裸の男であるらしい。ちょうど、腰のあたりから、棒のようなものが、ちょんと前に突き出ている。

「なんですか、これは」

「男のあれだよ」

雲斎がニヤリとする。

「始めるぞ」

雲斎が言ったとたんに、女が逃げ出した。

画面の中に、道を表す区画があり、女はその中を逃げていく。

男が追う。

あっというまに女がつかまった。雲斎はこのゲームに慣れているらしい。後方から女をつかまえた男の腰から突き出しているあれが、女の尻に差し込まれている。

女の姿が数度明滅し、男と女が離れた。

女の腹がふくれていた。妊娠したという意味らしい。

女の腹から、三人の小さな人の姿が出てきた。

男の腰から突き出ていたものが、下にたれている。こんどは女が男を追い始めた。

男が逃げる。

「どうだね」

スイッチをいじっていた手を休めて、雲斎が言った。

男はたちまち女につかまり、女が男の上に重なった。男の姿が消え、それでゲームは終わりになったようであった。

「いい趣味とは言えませんね」

「これからが、ほんとはおもしろくなる。あの逃げていた男な、あの男が二〇秒逃げ切ることができれば、またあれが立つ仕組みになっておってな、女はまた逃げねばならんようになっておる。それから、三人子供が生まれたろうが。二〇秒するとあれらもまた大人になってな。ひとりは女、ひとりは警官、ひとりはおかまになる。警官の見ている前で女に触れると、警官がとんできて、警棒でなぐられる。しかし、この警官もおかまには弱い。おかまにつかまってほられてしまうと消えねばならぬ。男が女に追いかけられている時は、おかまにつかまれば良い。ほられているあいだは、女は男に手が出せぬようになっている。おかまどうしがぶつかるとふたりとも消えてしまう。それにな、四人にひとりの割合で、警官も男に変身するのだよ――」

雲斎の口調は、まるでくったくがない。

「そいつはひどい」

少しもひどくなさそうに九十九が言う。

「今日はな、一日中こいつで遊んでおった」

「一日中ですか」

「うむ。しかしまだこのゲームの名を考えてなくてなあ。何か良い名はないかね。『鬼ごっこ』なんてのは、いまひとつという感じかな。どうかね、大鳳くん。他にも色々わしの作ったゲームがあるのだが、いい名前を考えてくれんかね――」

るのだ。

なこの雲斎に、不思議と怒りはわいてこない。つかみどころがなく、憎めないものがあ

大鳳は、何か、肩すかしをくわされたような気分だった。しかし、どこかひょうきん

「見せたいもの、というのはこのことだったのですか」

その辺の感じは、九十九とこの雲斎とはどことなく似たものがある。

小田原でも山に近い所で、山小屋のような家に住んでいるくせに、そこでコンピュー

ターをいじくっている。しかも、円空拳とかいう拳法を教えているらしい。底の知れな

い男だった。いや、男、と呼ぶよりは、老人と呼んでもいいほど、枯れた雰囲気もある。

「いかにも。これを見せたかったのよ。そのうちに、わしの知っている中国拳法の技を

みんなこいつにぶち込んでな、色々な派の技が、どのようにしてできあがってきたのか、

派と派との関係などを調べて、一冊本でも書こうかと考えてるのさ。ま、しかし、しば

らくはこの新しいゲームを考えるのがおもしろくてなあ。そこらで流行《はや》っているゲーム

のいくつかは、このわしがアイディアを出したものだよ。時々、業者がここまでやって

来よるのさ——」

雲斎は、大鳳の胸の内をさぐるように、大鳳の眼を覗《のぞ》き込んだ。

「どうかね。月に焼酎《しょうちゅう》一本、そんなところでいかがかな」

ふいに言った。

「——」

大鳳は、何を訊《き》かれたのかわからずに、とまどっていた。

「大鳳——。月に一本焼酎を持って来れば、ここへ円空拳を習いに来てもいいと、そう先生がおっしゃってるが、どうだ。焼酎一本で、爺《じい》さんの茶飲み話の相手じゃ、わりが合わんかもしれんがな」

「ぬかせ、このたわけが。一人前の台詞《せりふ》は、みやげを持って来てから言え——」

雲斎が苦笑している。

「いいんですか！」

大鳳は声をはずませて言った。

「まあ、な」

「お願いします」

「しかし、ひとつだけ条件がある」

「円空拳だけに溺《おぼ》れるな」

雲斎は拳《こぶし》を握って、それを前に突き出してみせた。

「これは、麻薬よ」

「麻薬？」

「わかりました」

「正直に、手っとり早く言えばな、拳法など、所詮《しょせん》は人殺しの技よ。人の殺し方ばかり教えたり教えられたりでは、殺伐《さつばつ》としていかん。習えば、使いたくなる。使えば傷つく者がいる。それが人の心を狂わせてゆく。その時に、何が人を支えるか。それは人によって違う。おぬしにとって、それが何であるかはわからぬが、その支えのことを、常に心に置きながら、学ぶことじゃ。いずれ、わかるものならわかる。その支えに、出会うものなら、出会う」

「はい」

「その竜眼におもしろみがありそうなんでな。まだはっきり眼に出ているわけではないが、竜が全部現れたのを見たくなった」

「竜眼？　さっきもそんなことを言ってましたが」

「おぬしの中に埋もれている素質のことさ」

「ぼくにどんな素質があるんですか」

そこへ、九十九の声が割って入った。

「先生、大鳳は、おれの寸指破《すんしは》を見たのですよ」

「ほう」

雲斎は、口をすぼめて、大鳳をもう一度あらためて値ぶみするように見た。

「おぬし、九十九の寸指破を見たか」

「寸指破？」

「昨日、菊地をおれが軽く突いたあの技の名さ」

と九十九。

「見たのではありません。そんな感じに想っただけです――」

大鳳は、昨日、九十九が、指先で菊地の背のどこかをちょんと突くのを見たような気がしたのである。おそろしく素早い一瞬であったので、あるいは眼の錯覚かとも思っていたのだ。

その瞬間、菊地の持っていたナイフは九十九の手に移り、菊地は動かなくなっていたのである。

「これは楽しみだな」

「ええ」

と九十九。

「人はな――」

と、雲斎が大鳳に言った。

「人は、強いだけではいかん。しかし、強くもないのはなおいかん。さっきは色々言うたがな、強い、ということと優しい、ということとは同じだ。『タフでなければ生きられない。優しくなければ生きる資格がない』と、外国人も言うておる。日本風に言うなら、気は優しくて力持ちと、こうでなければな――」

4

「服をぬいでみなさい」

雲斎が、大鳳に向かって言った。

囲炉裏のある部屋にもどってきていたが、三人ともまだ立ったままである。

大鳳は、学生服をぬぎ、シャツ姿になった。

「全部だ」

上半身裸になり、大鳳がさらにズボンのベルトに手をかけると、雲斎は片手をあげて、それを制した。

「ズボンはよろしい」

大鳳は、上半身裸のまま、床板の上に立った。

冷たい夜気が肌に触れていた。しかし、大鳳の肉は、興奮のため熱を帯びていた。

ひき締まった身体である。

ムダな肉というものがまったくない。腹がそいだように薄いが、痩《や》せているという印象はない。

「みごとなものだな。もう、それなりにできあがっておるではないか」

「そうですか」

「何かスポーツをやっていたか」

「いいえ、特にこれというものはやっていません」

「学校ではどうであったのだ。足などはけっこう速かったのだろう」

「はい」

大鳳はうなずいた。

中学の時、いや、もの心ついた頃から、大鳳は何をやっても二番であったことを思い出した。長距離を走っても二番、短距離も二番、他のどんなスポーツをやっても、常にひとりかふたり、自分より上の人間がいた。

自分でもわからなかった。

運動神経そのものは、小さい頃から、他人より勝《すぐ》れていると思っている。

――しかし。マラソンをしている時でも、スパートをかければ楽に相手を抜けそうな気がするのに、どうしてもそれができないのだ。

〝本気を出せ〟

と、よく担任の教師にも言われた覚えがある。

〝本気を出せば、おまえはもっと速いはずだ〟

しかし、大鳳には、その本気を出す、ということができないのであった。

抜こうとする相手の、ギラギラするような闘争意識がこちらに伝わってくると、急に気力が萎《な》えてしまうのである。相手は喘《あえ》いでいる。喘ぎながらも、勝負へのおそろしい執念をぶつけてくるのである。

普段は何げなく口をきいていた彼等が、いざこういう勝負になると、大鳳がびっくりするほどのどろどろした情念を燃やすのである。

大鳳は、それを敏感に感じてしまうのだ。

競技のあと、さわやかな顔をしているのは、むしろ彼等の方であった。競技中に、あれほど強かった勝負への執着が、勝った者の心からきれいに抜け落ちているのである。

大鳳がのびのびとやれたのは、器械体操くらいであった。

それも授業だけで、特にクラブに入っていたわけではない。

「けれど、いつも二番でした――」

大鳳が言うと、

「ほほう」

雲斎は不思議そうな眼をした。

「だから、円空拳を習いたいのです」

「なるほどなるほど――」

雲斎は、ひどく納得した顔つきになった。

「資格はあるが、生きてはいけないくちか」

うんうんとうなずき、じろりと九十九を見た。

「おい、この大鳳と、軽く手合わせでもしてみるかね」

「は？」

九十九が怪訝《けげん》そうな顔をする。

「大鳳と軽くやってみなさい。大阪でどの程度の腕になったか、おまえの方も見ておきたい」

「本気でですか」

心細い顔になって九十九が言う。

「馬鹿たれが。おまえに本気でぶん殴られたら、大鳳はぶっこわれちまうぞ。おまえは手を出してはいかん。大鳳のをよけるだけだ。そのかわり、大鳳の方には本気になってもらう」

大鳳は、ぽかんとしてふたりのやり取りを聴いていたが、どうやら、自分と九十九が試合めいたものをやらされようとしてるのに気がつき、あわてて口をはさんだ。

「無理です。だめです。いきなり九十九さんとなんて、とてもできません――」

「まあまあ、とにかくやってみなさい。九十九はあんたに手を出さないから心配はいらんよ――」

「ですが――」

「それにな、おぬしの拳《こぶし》も、そう簡単には九十九にはあたらぬさ。あたったところで、こやつなら蚊に刺されたほどにも感じまいよ。鈍いのは頭だけではないのさ。できるものなら、ぶっ殺したってかまわん。ケガでもさせて、あの憎まれ口を静かにさせてくれたら、こっちも大助かりよ――」

「九十九さん――」

大鳳が九十九を見ると、九十九は軽く肩をすくめて見せ、

「そういうわけだそうだ。まったく、ひでえ師匠を持っちまったもんだ」

「ぬかせ。さっきは、大鳳にわしを殴らせようとしたくせに。大鳳に叩《たた》かれて少しは痛い思いをすれば、師匠のありがたみもわかろう――」

九十九は、雲斎の言葉を苦笑して聞き流しながら、数歩あるいて、板の間の中央に立った。およそ二〇畳近い空間がそこにある。

「大鳳。硬くならずにやろうじゃないか。軽い運動をするつもりでいいのさ」

大鳳は、おずおずと九十九の前に立った。

九十九は学生服をぬいでシャツ姿になっているが、大鳳の上半身は裸である。

「さあ――」

九十九が言った。

柔和な眼が大鳳を見ていた。

大鳳は途方にくれていた。だだっ広い所へ、ぽつんと独りでとり残されたような気がした。

どうしていいか、まるでわからないのである。人を殴ったことなどないし、その殴り方すらわからないのだ。

テレビで、ボクシングやプロレスを見たことはある。しかし、それだけで、自分の身体があのように動くものではない。

目の前に立っている九十九は、まるで岩のようだった。

ほとんど構えというものがなく、両足を軽く開き、両腕をだらんと下げているだけである。しかし、それだけで、大鳳を萎縮《いしゅく》させてしまう存在感があった。

「喝！」

いきなり、大鳳の背後で、雲斎の激しい声が響いた。

大鳳の肉体を電流のようなものが走りぬけ、大鳳を縛っていた何かの糸が、ぷつんと切れた。

とん、と背を押された。

初めてのパラシュート降下をためらっていた者が、背を押されていきなり空中に放り出されたようなものであった。

恐怖とも、驚きとも、何ともつかない感覚のスパークがあった。雲斎の声が、鋭い刃のように、大鳳のためらいや、自意識を断ち切っていた。

大鳳の身体は、ほとんど無意識のうちに動いていた。夢中だった。

あとで思い出しても、おそらくは相当に不様な格好で、九十九にぶつかっていったにちがいない。

九十九の受けは絶妙だった。

完全に大鳳の身体をかわしてしまっても、がっちり受けてしまっても、大鳳の動きはそこでストップしてしまったにちがいない。九十九は、大鳳を自由にあやつるように動いたのである。

そのまま前に行ってしまいそうな大鳳を自分の方に向かせ、自然に次の手が出るように動く。大鳳の身体にほとんど触れるか触れないかのように、九十九の手足が舞う。それに誘われるように大鳳が動く。

まるで、舞いを舞っているようである。

大鳳は、九十九のリードのままに、身体を動かせばよかった。

夢中で動いていた大鳳に、余裕が出てきた。

空中に放り出され、無我夢中のうちにパラシュートが開き、やっとあたりを見回す余裕が生まれたというところである。

すぐ目の前で、九十九の顔が笑っていた。

「その調子だ、大鳳――」

大鳳の動きが、ぐんぐん良くなっていった。

肉体中の筋肉がほぐれていくのが、自分でもわかった。

肉体だけではない。九十九の顔を見たとたんに、精神そのものが自由になったようだった。

九十九から伝わってくるのは、闘争心でも、ましてや恐怖心でもなかった。九十九はリラックスし、身体を動かすことを心から楽しんでいるのである。それが大鳳にわかった。

初めてのことであった。

つられるように、大鳳の心も落ち着き、思う様自分の肉体を自由に動かしたい気持ちが、ふつふつと沸きあがってきた。

九十九も同様であるのがわかった。

九十九も、もっと速い動きを望んでいるのである。

「足を使ってもいいぞ」

九十九が言った。

その方法を大鳳に教えるように、安全な蹴《け》りを膝《ひざ》の横に入れてくる。

大鳳がそれを真似る。

「そうだ、いいぞ」

ふたりの攻防は、九十九が大鳳に技を使って見せ、それを大鳳が真似る形になっていった。

九十九は、大鳳ができるようになるまで、何度でも同じ技を反復させた。その都度、小さな声でアドバイスをする。

九十九の言うように、自然に手足が動く。

キックボクシングで言う回し蹴りから始まり、膝や肘《ひじ》、拳のあらゆる動きを、大鳳はなぞっていった。

九十九もすごかったが、その要求についていく大鳳の運動神経も並みのものではなかった。初心者とは思えぬほど、足が高くあがる。

大鳳は、自分で自分の能力に舌を巻いていた。

——凄《すご》い。

凄い。

自分の身体がこんなにも動くものなのか。

大鳳の身体の底から喜びがふきあがってくる。

ふたりの動きは、初めに比べ、倍近く速くなっていた。決められた型を踊る、ペアのダンサーのようである。

大鳳の動きが、少しずつ変化していた。

九十九の指示に従うだけでなく、自分の意志で違う動きをするようになったのである。

自由に。

自由に。

大鳳が自由に動き始めるにつれ、攻防のリズムが違うものになっていった。

手足や腰の動きの緩急《かんきゅう》を自在にあやつり、心の想うままに相手にぶつけていく。

まるでフリージャズのセッションのようであった。

違う楽器をあやつるふたりの奏者が、自在に音をぶつけあい、からめあいながら、音とリズムの三昧境《きんまいきょう》に入ってゆく――そんな感じであった。九十九が、大鳳の身体の奥に眠っていたものを、いくらでも引きずり出してゆくのだ。とめどがなかった。

こんな境地があったのかと想った。

いい演奏だった。

大鳳は歓喜していた。

「そこまでだ」

雲斎の声が響いた時、大鳳は、楽しい遊びから引きもどされる子供のような不満そうな顔をした。

「ちょうど一時間だ。ほっとけば明日の朝までやるつもりか――」

大鳳の身体は、湯につかったようになっていた。肌から汗が湯気になって立ちのぼっている。

「すごいな大鳳」

九十九が言った。

賛嘆の眼で大鳳を見ていた。

「これほどとは思っていなかった」

大鳳は、無言のまま九十九を見つめ、荒く胸を上下させていた。

一時間という時間が、まだ信じられなかった。一〇分か、一五分くらいの感覚しかなかった。

「ふたりとも、みごとだった。わしの思っていた以上だよ。特に大鳳、いつでも、どこでも、誰とでも、これだけやることができれば、今すぐにでも空手の黒帯は締められるぞ――」

雲斎は、焼酎《しようちゆう》の入った湯呑《ゆの》みを片手に持ち、美味《うま》そうに喉《のど》を鳴らしてそれを飲んだ。

5

三人は、囲炉裏の周りで食事をしていた。

〝飯を喰《く》ってゆけ〟

と、雲斎が誘ったのである。

雲斎の畑でとれたという野菜と肉を、ざっと炒《いた》めたものと、味噌汁《みそしる》がおかずだった。

饒舌《じようぜつ》に焼酎を口に運んでいた雲斎が、ふいに口をつぐみ、湯呑みを置いた。

「九十九、わかるか」

低い声で言った。

「はい」

「相当なものだな」

雲斎は、視線を、部屋の壁に沿って、ゆっくりとめぐらせた。

大鳳も、その異変に気づいていた。

首のすぐうしろのあたりが、もやもやとしているのである。細い蜘蛛《くも》の糸がそこにからみついているようだった。

何かひどく禍々《まがまが》しいもの。

「このことでしょうか」

首をすくめて、大鳳が言った。

「ほう。おぬしにもわかるか——」

「外ですね」

と九十九。

「うむ」

雲斎が立ちあがり、ふたりも立ちあがっていた。

「気をつけろ、戸のすぐ外だ」

雲斎が言った。

九十九は、もう引き戸に手をかけていた。

板越しに不気味な瘴気《しょうき》が伝わってくるのが、大鳳にもわかった。ふっとその瘴気が移動した。

ずいと戸を開けはなち、外へ出る。

雲斎、大鳳が後に続く。

外は闇であった。

風がある。

夜の宙空で、ざわざわと梢《こずえ》が鳴っている。

「屋根だ」

雲斎の鋭い声が低く響いた。

屋根の、一番高くなった所に、黒いものが蹲《うずくま》っていた。そこにだけ、闇が黒くわだかまっているかのようである。

じりっ、と、それが動いた。

非人間的な、おぞましい動きだ。

「何者だ」

九十九が言ったとたん、屋根の上から、じわじわと闇を伝って、おそろしく暗い気の圧力がよせてきた。殺気とは違う。わけのわからぬ、不気味で不明確な情動の炎だ。

いきなり、屋根の上のそれが跳ねあがった。

黒い影が宙を舞い、ざっと梢を鳴らして森へ跳んだ。すごい跳躍力だ。

飛びついた幹の枝を自重でたわめ、その反動を利用して、影が移動していく。まるで猿である。

九十九が、うねるような身のこなしで地を走り、影の後を追う。

それが地に降りたのと、九十九がそこへ駆けつけたのと、ほとんど同時だった。

ふたつの影が交叉《こうさ》し、破裂したように、またふたつに跳ね飛んだ。

一方の影はそこにとどまり、一方の影は、そのままのスピードで、たちまち闇の奥へ走り去って行った。

動かずに、そこに立っていた影は、九十九だった。

心臓に近いシャツの布地が、真一文字に裂けていた。

「九十九さん!」

追いついた大鳳が九十九に駆け寄った。

「だいじょうぶだ」

落ち着いた九十九の声が返ってきた。

傷はどこにもないらしい。

大鳳はほっとした。

「おそろしいやつだった……」

九十九が、重い塊に似た息を吐いた。

「何だったんです、あれは――」

「わからん。人のようではあったが、人とはおそろしく異質な気を発散させていた」

「まるで幽鬼のようなやつであったな」

雲斎がそこに来ていた。

酔いが覚めた顔をしていた。

「これから何かが始まる、前ぶれのようなものかもしれんな――」

ぼそりと吐いた雲斎のその言葉が、小石のように、大鳳の心に残った。

すると、闇の奥から、細く、いんいんと獣の吠《ほ》える声が響いてきた。

得体の知れない、不気味な魔性の獣が、闇の奥で人知れずひしりあげる声だった。

おぞましく、そして哀切な、雄叫《おたけ》びであった。孤独と苦渋と、そして、凍るような憎悪に満ちていた——。

それを耳にした時、大鳳の肉の内部で、暗い生きものが、もぞりと身を蠢《うごめ》かす気配があった。その声に呼応し、何ものかが、大鳳の中で目を覚ましたようであった。身体が小刻みに震えだしそうな、不思議に甘い、魅惑に満ちた感覚であった。


ひゅううう〜〜〜〜るいいい……

るういいい〜〜〜〜ゆううう……


その声は、数度ひしりあげ、そして消えた。

あとには、頭上の闇で騒ぐ、梢の音があるばかりだった。

三章　死闘変

1

——おれは強くなっている。

それが大鳳の実感だった。

雲斎の所に通いはじめてから、一ヵ月が過ぎていた。

大鳳の成長ぶりには、眼を見張るものがあった。あの九十九でさえ、舌を巻くほどである。

習う、というよりは、大鳳の肉体がもともと記憶していることを、想い出していく——そんな風であった。

大鳳の持つ天性のものと、九十九の巧みな指導が、その結果をもたらしたのだ。

大鳳は、底の知れない井戸のようであった。汲《く》めば汲むほど、いくらでも水が溢《あふ》れ出てくるのである。

逆にまた、九十九が教えるだけのものを、いくらでも貪欲《どんよく》に吸収した。

それが、自分でもわかるのである。

その意識が、

——おれは強くなった。

という実感となって、大鳳の心にわきあがってくるのである。

数日前、雲斎が大鳳に言ったことがある。

「殴りっこの優劣などは、まあ、子供の遊びのようなものよ。しかし、その遊びの技でも人を殺すことくらいはできる。だが、人を殺すというのは、技のはたらきではないぞ。もっとちがうもののはたらきさ。技などは、その道具にしかすぎぬ。おぬしの習うておる技も、拳銃《けんじゅう》も、その意味では同じようなものだ。単に人を殺すだけなら、拳銃の方がよほど便利な道具《もの》さ——」

技に溺《おぼ》れるな、技を使う己の心の方を磨け、と言うのである。

また、こうも言った。

「動物はな、本来、争ったり、殺したりはしない。彼等が殺すのは、食べるためか、守るためのふたつの場合だけさ。遊び《ゲーム》で殺すのは人間だけよ——」

大鳳には半分もわからなかった。

心を磨くといっても、どうしていいかわからない。大鳳にできることは、技を磨くことくらいである。

西城学園にいる以外の時間のほとんどが、その技を磨くために費やされた。休んでいるのは、眠っている時と、食べている時くらいのものであった。

学校が終わると同時に、トレーナーに着替え、サブザックにカバンと学生服を詰め、それを背にして円空山まで走ってゆく。晩飯は、雲斎、九十九と一緒に、円空山ですませた。

朝は早めにアパートを出、早朝の校内で一時間ほどトレーニングをする。その後、買っておいたパンと牛乳で朝食をすませるのが、大鳳の日課だった。

円空拳は、大鳳がそれまで抱いていた空手のイメージとは意外に異なるものであることが、その頃にはわかっていた。

まず、拳《こぶし》そのものに対する執着が、空手ほど極端ではなかった。

空手の高段者の中には、タコができて、拳がグロテスクに変形している者がよくいるが、円空拳では、拳をそこまで鍛えぬくことにこだわっていない。力そのものより、動きや、呼吸《リズム》に重点が置かれていた。

また、空手に直線的な動きが多いのに対し、円空拳の動きは、基本的には円であった。

人の肉体の内部にある〝気〟を、外に対して爆発させる、発勁《はっけい》の方法として、技があるのである。人の身体には経絡という〝気〟の流れる道があり、その経絡には、七〇八の経穴《きょうけつ》がある。秘孔とか点穴とか呼ばれるもので、ハリ灸《きゅう》でいうツボ、つまり急所のことだ。

そこをうまく突きさえすれば、女や子供でも、大の男を容易に倒すことができる。指一本で、人を悶絶《もんぜつ》させ、必要によっては死に至らしめることさえ可能なのだ。

だが、時刻や、その時の相手の体調によって、微妙に移動するその点穴をさぐりあて、ある特定の方向から打撃を加えるのは、相手が何もせずに立っていてさえ難しい。まして や、戦いの最中で相手が動いていれば、まず不可能なことである。

力で相手の力をねじふせることの方が、ずっと手っ取り早いというわけだ。

大鳳がいま吸収しているのは、その力の技であり、強くなったと思っているのは、その力のことである。

大鳳自身も、それをよく承知している。

——その日の早朝。

大鳳は、深雪の作ってきたサンドイッチを、校庭の隅で口に運んでいた。

ふたりは、あれからほぼ毎日、早朝にこの場所で顔を合わせていた。別に申し合わせたわけではない。自然にそうなったのである。

時々は、深雪が手作りの朝食を持ってきてくれることもあった。

この日もそうであった。

初めて深雪と言葉を交わした、あの桜の樹の下である。あの時は満開だった桜が、今はすっかり散り、青々とした葉桜になっている。

ふたりの間に、一頭の犬が寝そべっていた。白い雑種犬である。大鳳と深雪が言葉を交わすようになったきっかけの犬である。

犬は、大鳳が投げてやるサンドイッチを、その都度起きあがっては食べる。このノラ犬も、すっかり自分の日課を大鳳のそれに合わせているようである。

大鳳のトレーニング姿をどこかで見ているらしく、トレーニングが終わり、大鳳が食事を始めると、どこからか姿を現すのだ。

「犬って、ノラ犬でも人になつくのね」

深雪が、犬の背を撫《な》でながら言う。

「もともと、犬は人なつこいんだ」

大鳳は、飲み終えた牛乳ビンを犬に舐《な》めさせながら言った。

口調が、一ヵ月前より、心なしか男っぽくなっている。自分が強くなったという思いが、そういう感じとなって現れているのであろう。

犬には、サンシロウという名前がつけられていた。サンドイッチと白、を縮めたもので、深雪がつけた名前である。

「ね、あの人、この前の女の人じゃない」

深雪が顔をあげてささやいた。

深雪の視線の方向に眼をやると、校門の所に、ふたつの人影が立っていた。

男と女——久鬼麗一と亜室由魅であった。

ふたりは、そこに立ったまま、じっと大鳳と深雪を見つめていた。

大鳳と深雪が気づいたことを確認して、ふたりは歩み寄ってきた。

「こんなに早く、誰が来ているのかと思ったわ」

由魅が言う。

右手にカバンを持ち、左手に小さな包みを抱えていた。

黒い瞳《ひとみ》で、大鳳と深雪とを交互にさぐっている。

「仲のよろしいことね」

視線を深雪にとめて、言った。

深雪は、うつむいていた。

「大鳳くん――」

久鬼が言った。

しばらく会わぬ間に、その顔の美しさがさらに増していた。青白い炎でできた花のようであった。切れるような硬質ガラスのイメージがある。

顔をあげた深雪は、久鬼の貌《かお》に眼をやり、そしてまたうつむいた。

「君のクラスに、坂口というのがおりませんか」

久鬼の眼が鋭く光っていた。

大鳳は、同じクラスの、ひときわ身体の大きい男の姿を想い出していた。

坂口正治《せいじ》――ひと月前、危うく大鳳とひと悶着《もんちやく》起こしかけた巨漢である。その時は、久鬼の代理で大鳳を呼びに来た阿久津が現れ、事なきを得たが、高一とは思えぬ迫力をその肉体に秘めた男だった。

「いますが――」

「その坂口が、ぼくに挑戦してきました。この学園の番をはりたいのだそうですよ。とりあえず、ぼくのかわりに阿久津が相手をすることになりました。今日の放課後です。よかったら見に来ませんか――」

「というと……」

「鬼道館です。普通の生徒は入れないことになってるんですが、入れるようにしておきましょう」

「何故、ぼくを――」

「円空拳を始めたのでしょう。見ておいて損になるものではありません」

大鳳は何故か狼狽《ろうばい》した。

円空山に通い始めてすでに一ヵ月がたっている。知られていても、別に不思議なことではない。それに、久鬼とは同じ学校で、しかも彼は以前に、雲斎の所で九十九と円空拳を学んでいるのである。

大鳳が沈黙したわずかの間を破ったのは、サンシロウだった。

由魅が抱えている小さな包みに、いきなり跳びついたのである。

「まあっ」

跳びのいた由魅の手から紙包みが落ちた。

とめていなかった紙包みが半分開き、そこから赤いものが覗《のぞ》いた。

サンシロウが、その赤いものの一片をたちまち口にくわえて走り出した。あっという間に、雑木林の中に逃げ込んでしまう。

「だめよ、サンシロウ！」

深雪が叫んだが、無駄だった。

由魅が包みを拾いあげる。

「うっかりしてたわ」

言いながら包みをカバンの中にしまう。

包みの中に入っていたのは生肉であった。

「ごめんなさい」

深雪が恐縮して頭を下げた。

「いいのよ。あなたの犬ってわけじゃないんでしょ。あの犬、わたしも何度か見たことあるわ。ノラ犬が相手じゃね。こんなごちそうを犬の鼻先で持っていたわたしがうかつだったのよ——」

由魅が言い終わるのを待っていたように、久鬼が口を開いた。

「じゃ、今日の放課後、待っていますよ」

そのまま背を向けて歩き出した。

由魅は、軽く大鳳にウインクして、

「そのうちにね——」

意味ありげに言ってから、久鬼の後に続いた。

「久鬼さん。久鬼さんは、何故円空拳を習うのをやめたんですか——」

久鬼の背に、大鳳が声をかけた。

返事はなかった。

背を向けたまま、久鬼はふり返らなかった。

2

——放課後になった。

大鳳の足は、自然に鬼道館に向かっていた。

独りである。

ついて来たがった深雪をむりに帰らせたのだ。このことは、九十九にも言っていなかった。言えば、おそらく九十九は止めるであろうと、そう思ったからだった。

大鳳は、あの久鬼に、不思議に魅《ひ》かれている自分を意識していた。いや、魅かれる、という言い方は正確ではない。魅かれるという言葉の中にある陽性のニュアンスのものが欠如しているのだ。

自分の内部にある暗いものが、何故かあの久鬼と魅き合っているらしい。

それが何であるのか自分でもよくわからない。その何ものかを見とどけるために、自分は鬼道館へ行くのだ。大鳳はそう考えている。

「来ましたね」

入ってきた大鳳に気がつき、久鬼が笑みを浮かべた。

そこには、五人の人間がいた。

久鬼と阿久津、柔道着を着た男と剣道着を着た男、そしてあとひとりは、あの菊地であった。

坂口の姿はどこにもない。

「まだなんですか」

大鳳は、もう一〇分以上前に、坂口が教室から出て行ったのを見ている。

そのあと、ゆくかゆかぬか、一〇分間自問自答をくりかえしたあげくに、朝から迷っていたことに結論を出したのである。

「そのようですね」

独りだけ学生服姿の久鬼が言う。

久鬼以下、全員が正座している。

もっと殺気立った雰囲気を想像していたのだが、まるでその雰囲気はない。

他の人間の姿が見えないのが不思議だった。

「これで全員なんですか——」

大鳳は、まだ緊張のとれない声で言った。

「むこうが五人だというのでね。人数を合わせたのですよ」

その時、騒がしい気配があり、五人の男と、ひとりの女が入ってきた。

坂口が、仲間を連れてやってきたのだ。連れの四人のうち、ふたりが大鳳と同じクラスの人間であった。

女は、亜室由魅である。

どうやら、由魅が坂口以下、男どもをここまで連れてきたらしい。

坂口の連れの四人は、入ってきたとたんに、この場の雰囲気に呑《の》まれていた。それぞれにケンカ慣れしたふてぶてしい顔を持ってはいるが、これまで自分たちがやってきたケンカと、だいぶ異質なものを、彼等なりにこの場に感じとっているらしい。

ことさら肩をいからせているのは、虚勢であることが、大鳳にも見てとれた。

そういうことが、円空山に通うようになって、自然にわかるようになっていた。

大鳳の顔に、自然に笑みが浮かんだ。

「大鳳じゃねえか――」

坂口が大鳳を見つけて言った。

「てめえが、なんでここにいやがるんだ」

坂口だけが、普段と変わっていない。わずかに緊張しているだけである。

大鳳の口元に浮かんだ微笑に、いくらか腹をたてているようだった。

「てめえ、前に、久鬼に呼び出されたことがあったが——そうかい、やつらの仲間かい」

「違います」

カメが首をすくめるように、大鳳の口元から微笑が消えていた。

坂口の怒気が、熱気のように大鳳の顔を叩《たた》いたのである。たちまち、気が萎《な》え、心が萎縮《いしゅく》するのがわかった。しかし、それを表情には出さない。

「大鳳くんは、ぼくが呼んだのですよ。彼は、今日の立会人です」

久鬼が、ほとんど感情を交えぬ声で言った。

「まあいいさ。あとでゆっくり大鳳に訊《き》けばいいことだからな」

坂口は、板の間の中央に仁王立ちになって、久鬼を見すえた。

「早いとこすませようじゃねえか。おれたちは話をしに来たんじゃねえんだからな——」

「なかなかの自信家でいらっしゃる。そこの大鳳くんとはまるで逆のタイプですね」

久鬼の顔に、ふっと笑みがよぎった。

「何がおかしい！」

炎に似た殺気が、坂口の全身からふくれあがった。

「もうだいぶ昔のことなんですがね。箱根でネズミが大量発生したことがありました——」

「それがどうした」

「その何十万というネズミが、ある日、一斉に移動し始め、皆、芦ノ湖《あしのこ》にとび込んでしまったんです――」

「――」

わずかの沈黙があり、坂口のしゃがれ声が響いた。

「死ぬつもりでいたネズミなんて、一匹もいなかったと想いますよ」

「おれがそのネズミだってえのかい」

久鬼は、坂口のその質問に、先ほどと同じ笑みで応えた。

一瞬、怒りだすのかと思った坂口の顔に、獰猛《どうもう》な笑みが浮かんだ。

学生服の一番上のボタンを、無言ではずした。ごつい手だった。その拳《こぶし》に、空手ダコらしきものがあった。

町の道場できたえたものであろう。

「言っとくがな、これはケンカだぜ――」

坂口が言った。

「承知していますよ」

「てめえをぶちのめしたら、この学校の番を、おれがはらせてもらう」

「ぼくなどぶちのめさずに、勝手に番とやらをはればよろしいのに」

「そうはいかねえ。ものごとには、筋ってものがあるからな。通すものは通さなくちゃいけねえ」

「お堅いことですね」

「性分だからな」

「存分に——。心配はいりませんよ。この鬼道館の中でのことに関する限り、ぼくにまかされています。それが試合でもケンカでもね。もっとも、あなたが負けてどこかへ泣きつけば、話は少しややこしくなるかもしれませんが——」

「さあ、始めようぜ。口じゃてめえにかなわねえからな——」

よほどの場数を踏んでいるのであろう。

坂口は、リラックスしているようにさえ、大鳳には見えた。

阿久津がぬうっと立ちあがった。

無言で、坂口たちをねめまわした。

それだけで、おそろしい迫力がある。

坂口をのぞく全員が、動揺していた。

「あんたからかい」

「そうだ」

ぐうっと、阿久津の体内に気がふくれあがる。

それを、坂口が正面から受けとめた。

阿久津も坂口も、どちらも見劣りがしない体軀《たいく》を持っていた。ふたりが睨《にら》み合うだけで、空気が熱を帯びてくるようである。

すごい迫力だった。

大鳳は、さっきから座るのも忘れて、なりゆきを見守っていた。

横に由魅がやってきたのも、ほとんど気づかないくらいだった。

先にしかけたのは坂口だった。

「行くぜ！」

言いざま、右の回し蹴《げ》りを阿久津の顔面に向けて放った。

スウェーバックして、阿久津がそれをかわした。坂口は、蹴った右足でそのまま踏み込み、それを軸脚にして左の後ろ蹴りにつないだ。すごい連続攻撃だったが、まだ、これは相手の手のうちをさぐるためのものであった。

左肘《ひだりひじ》の外側で、阿久津は坂口の左足をブロックして、身体の外側に流した。

阿久津は、坂口の軸脚に、容赦のない蹴りを放った。坂口は、軸脚をあげて、それを受ける。

基本的なローキック——下段蹴りの受けである。

次の瞬間、阿久津のもう一方の足が、床すれすれに疾《はし》ってきて、坂口の足をはらった。

坂口が床に転がった。

転がっていく坂口に向かって、阿久津の太い手足がぶんぶんと唸《うな》りをあげて襲いかかる。

二転三転しながら、その攻撃をブロックし、坂口がひょいと立ちあがった。

待っていたように、立ちあがった坂口の腹に阿久津の前蹴りが吸い込まれた。

身体を「く」の字に折り、坂口がふっ飛んだ。これだけもろに入れば、身体の小さい者なら倍くらいは飛んでいたかもしれない。

むっくりと坂口が起きあがった。

「糞《くそ》、強《つえ》えな」

ふてぶてしい笑みが口元に浮かんでいた。

カウンターとは逆のケースである。転がりながら起きあがる方向に蹴られたので、派手にふっ飛んだわりに、ダメージは少ない。

と言っても、これが並みの男であったなら、すでに勝負があったところだ。

「けやっ!」

坂口は、頭から阿久津に突っ込んだ。

坂口は、突っ込みながらも顔面と首を、きちんと両腕でブロックしている。坂口が阿久津にぶつかったのと、阿久津のエルボーが坂口の肩を襲ったのとほとんど同時だった。

ふたりはもつれあったまま、板の上に倒れ込んだ。坂口が上になっている。

坂口の拳を、阿久津が必死にブロックする。隙を見て、下から阿久津が坂口の顎《あご》に拳をあてた。

ひるんだ坂口をはねのけ、阿久津が立ちあがる。坂口も立ちあがっていた。

ふたりの息が荒くなっていた。

目まぐるしい攻防が始まっていた。

大鳳には、わずかに阿久津が優勢に見えた。実力の上では、はっきり阿久津に分があった。それを、なんとか接戦に持ち込んでいるのは、坂口のケンカ慣れした度胸と、煮えたつ意地であった。

番をはるためとはいえ、坂口は自分のために戦っていた。阿久津は久鬼の代わりである。その差が、実力の違いを縮めているのだ。

そんなことを考えながら、胸を躍らせてふたりの攻防を見つめている自分を発見し、大鳳は、新鮮な驚きを覚えていた。

ふたりが、もつれ合うようにして、また床に転がった。

重い肉が板を打つ音が、ダン、と響いた。

最初に、のっそりと起きあがったのは坂口だった。

阿久津は、うずくまったまま、頭を抱えていた。

肩を荒く上下させながら、坂口は阿久津を見下ろしていた。

阿久津が、頭にやっていた手を離し、それに眼をやった。べっとりと血が付いていた。

燃える眼で坂口を見上げた。

「貴様——」

阿久津の低い声が、怒りで震えていた。

「言ったろうが、これはケンカだってよ――」

坂口が唇を歪《ゆが》めて、白い歯を見せた。右手に、黒い鉄のメリケン・サックがはめられていた。

凄《すご》い形相で阿久津が立ちあがった。

うるんだような瞳《ひとみ》で、由魅がそれを見ていた。

「待ちなさい」

その時、凜《りん》とした声が、鬼道館に響いた。

久鬼だった。

「やらせて下さい。まだやれます！」

阿久津が、手の血を道着のズボンにこすりつけて身構えた。

「下がりなさい、阿久津。おまえが負けたと言っているのではない。ぼくが坂口とやってみたくなっただけです」

久鬼がすっと立ちあがった。

不満をおし殺し、武骨――と言ってもいいほどの顔と仕種《しぐさ》で、阿久津が身を引いた。

「出てきたな、久鬼」

坂口が嬉《うれ》しそうに歯をむいた。

「他にもおまえとやりたがっているのがいるのですが――」

久鬼は、剣道着を着ている男と、柔道着を着ている男を眼で指した。

「ぼくでかまわんでしょう」

「初めからそれが望みさ」

坂口の荒い呼吸が、元にもどっていた。

驚くべき回復力の早さである。

「何かハンデをつけなければいけませんね」

久鬼が、坂口を眺めながら、首をわずかに傾けた。

「ハンデだと――」

「疲れてるあなたに勝っても自慢できませんからね。何でも好きな武器を使って下さい。ぼくは、このケ、ン、カを最後まで素手でやることにしましょう」

まるで、戦いを前にした者とは思えぬ口調である。

「勝手にしな。おれの方は遠慮しねえぜ」

坂口は、学生服の下からトンファーを取り出し、それを両手に一本ずつ握った。

トンファーは、木製の武具である。木とはいえ、一撃で骨を砕くこともできる、危険な武器だった。

坂口は、くるくると鮮やかな手並みでそれを回転させ、身構えた。堂々とした構えである。そこらのチンピラ学生が、格好だけでヌンチャクをふり回すのとは、わけがちがう。

ぴったりと決まっている。

「へっ。もともとこいつは使わせてもらうつもりでいたんでな」

坂口が言う。

久鬼は平然とそこに立ったままだった。

坂口も、今度は自分から仕掛けようとはしなかった。

間合いをつめるわけでもなく、ただ、構えたまま久鬼を睨んでいる。

「来なければ、ぼくの方から行きますよ」

無造作に言うと、久鬼はそのまま坂口に向かって歩き出した。ふいに吹き出した風のようにあっけない。

五月の薫風に似て、さわやかささえある。

殺気というものがまるでない。

その雰囲気に押されて、思わず坂口が後ろに退《さ》がりかける。

その退がりかける足で、坂口はそこに踏んばった。

「てえいっ！」

坂口のトンファーが、ぶんと唸ってひらめいた。

久鬼の鼻先一センチの所を、トンファーの先端がかすめる。久鬼は眼もつぶらない。

坂口は、どうやって、久鬼が今の一撃をかわしたのかわからなかった。

久鬼に押されながら放った一撃とはいえ、充分に間合いを見切ってのことである。まるで、トンファーが、久鬼の頭部を通り抜けたような感じである。

久鬼の顔が目の前に迫っていた。

坂口の背に、電流が走りぬけた。

びくんと身体をすくめ、坂口は、おもいきり後方に跳んでいた。第二撃を放とうとした腕が、まるで間合いの感覚を喪失してしまっていたのである。

これまで、感じたことのない怖気《おぞけ》が、この大男の皮膚を捕らえていた。

おもいきり退がったはずが、久鬼との距離が少しも開いていないのである。

久鬼の、紅《あか》く薄い唇がすっと横に開き、そこに、花のような笑みがこぼれた。

自分がこれまで相手にしてきた者たちとは、まったくケタの違う人間を相手にしているのだということを、坂口は悟っていた。自分が、生まれて初めての冷や汗をかいていることすら、気がついていなかった。

坂口の唇が強《こわ》ばっていた。

死にもの狂いの反撃に出た。

「しゃっ!」

唇から呼気をほとばしらせ、たて続けに連続技を爆発させた。

おそろしいスピードと、破壊力を秘めた技だった。生涯のエネルギーのすべてを叩《たた》き込んだような攻撃だった。久鬼が、身体のどこでその攻撃を受けても、その部分の骨が折れてしまいそうである。久鬼は坂口よりも、ふたまわりは身体が小さく、細い。

しかし、坂口の攻撃は、久鬼の身体にまったくかすりもしなかった。攻撃のことごとくが空を切っていた。

「ちいっ!」

坂口の手から、久鬼の顔面に向かってたて続けにふたつのトンファーが飛んでいた。

身を沈めて久鬼がそれをかわしている一瞬の隙に、信じられぬことが起こっていた。

「あばよ」

電光のような速さで身を翻し、坂口の身体は出口に向かって駆け出していた。恥とか、ためらいとかを、ほんの一瞬も感じさせない、水際だったあざやかな逃げっぷりだった。

そのみごとさは、気持ちよいほどである。

坂口の仲間の四人は、あっけにとられ、坂口が姿を消した出口の方を見つめていた。

四人は、坂口にふた呼吸以上も遅れ、あわてて立ちあがり、あたふたと逃げ出した。

坂口の半分も、その逃げっぷりはよくなかった。

その後を追おうとした阿久津たちを、久鬼が制した。

久鬼は苦笑していた。

「あの男、まさか逃げ出すとはね――」

坂口が逃げ出すとは、久鬼も考えていなかったのであろう。

「久鬼さん――」

大鳳が言った。

久鬼がふり向いた。

何事か期待している眼で大鳳を見た。

「さっき、争っている最中に、彼の足に何かしませんでしたか――」

大鳳が言うと久鬼がうなずいた。

「やはり、見えましたか」

「左手で、彼の足を軽く突いたような気がしたんですが――」

「その通りですよ。きみならあれが見えると想ってました」

「ぼくなら？」

「その竜眼ならね。あれは、ぼくからあなたへのメッセージですよ」

「メッセージ？」

「あなたを試したのです。もし見えなかったのなら、あれは、ぼくからあなたにあてた、片想いのラブレターということにでもなりますか」

「見えたのなら？」

「見えたのなら――さあ、どういうものになるんでしょうかね。あなた次第、とでも答えておきましょうか」

大鳳は、久鬼の瞳の底に、青白い炎のようなものを見ていた。

3

教室に帰ると、深雪がそこにいた。

「帰るように言っておいたのに」

大鳳の口調の中には、怒ったような響きがあった。

あれから、少し久鬼と話し込んできたので、もう遅い時間になっている。深雪がこんな時間まで待っていてくれたことが嬉しかった。その気持ちを、大鳳は素直に出せないだけなのだ。

「いけなかった?」

「いけなくはないさ。でも、もう、こんな時間だ――」

「いいじゃない」

普段の深雪に似合わず、言葉の感じが硬かった。

教室には、大鳳と深雪のふたりだけである。灯《あか》りの点《つ》いていない室内は、すでに薄暗くなっている。

「あなたを待っていたかったのよ」

「ぼくを?」

深雪がこくんとうなずいた。

子供っぽいその仕種《しぐさ》が、かえって深雪を女っぽく見せていた。もちろん、深雪は、そんなことを意識しているわけではない。深雪は、頬を赤くしていた。聴きようによっては、愛の告白ともとれる台詞《せりふ》を吐いたのだ。

その話題から遠ざかるように深雪が訊《き》いた。

「どうだったの？」

「どうって――」

「久鬼さんと坂口さん」

大鳳は手短に、さっきの出来事を語った。

「よかったわ。わたし、もっとひどいことになるかもしれないって思ってたの。でも、大鳳さんが久鬼さんに呼ばれたの、これで二回目ね。あの人と、いったいどういう関係なの――」

「特別な仲じゃないんだ」

「あの女の人とも？」

言いながら、深雪はうつむいた。

「女の人？」

「今朝、久鬼さんと一緒にいた女《ひと》よ。この前の時も来てたわ――」

ちょうどひと月前、やはり、大鳳が久鬼に呼び出される前、由魅は大鳳に会いに来て

いた。坂口とは、それが原因で、ひと悶着《もんちゃく》起こしかけたのだ。

「何でもないよ」

答える大鳳の脳裏に、妖艶《ようえん》な肢体を持つ、由魅の姿が浮かんだ。身体の血が、熱くざわめいた。

——そうか。

ふいに、大鳳の心にひらめくものがあった。

深雪は、由魅に嫉妬《しっと》しているのだ。

そう想ったとたん、心臓の鼓動が速くなった。

「でも、あの女は、何だか大鳳くんに興味があるみたい」

「そんな」

「あの女の大鳳くんを見る眼を見れば、わかるわ——」

「——」

大鳳は、何と言っていいのかわからなかった。言葉が見つからないのだ。

由魅にひかれる自分と、深雪を愛《いと》しいと想う自分と、ふたつの気持ちを、今、はっきりと意識していた。

「素敵な人ね、あのひと……」

「——」

「わたし、子供っぽいから——」

深雪の声が、細く、かすれていた。

大鳳の頭は、かっと熱くなっていた。深雪に対する愛おしさが、かつてない強さでこみあげた。細い、温かい彼女の身体を、できるだけ自分の肉体のそばにひき寄せたかった。女の体温を、心ゆくまで自分の身体に感じてみたかった。

座ったままうつむいている深雪に近づき、大鳳は、その肩に手を置いた。

細い肩だった。

手を伝って、大鳳から深雪に向かってゆっくり流れていくものがあり、深雪から大鳳に流れてくるものがあった。

「おれ……」

大鳳が言った時、深雪が立ちあがってしがみついてきた。

大鳳も、夢中で抱きかえしていた。

腕の中に、柔らかな肉の温もりがあった。深雪の身体が、小刻みに震えていた。

これ以上は、もう無理なくらい、大鳳は腕に力を込めた。

初めて腕にした女の身体だった。それだけで、しびれるような甘い快感が体中に広がっていた。

深雪の髪の匂いが、大鳳の鼻をくすぐった。

髪の中に、大鳳が手を差し込むと、深雪が顔を仰向《あおむ》かせた。眼を閉じていた。

ふっくらとした、唇が見えた。

その唇に、大凰は、自分の唇を重ねていた。

大凰にとっても、深雪にとっても、それは初めての異性の唇だった。

濃くなりかけた闇が、教室内に、静かに漂っていた。

「いい図だなあ、おい——」

薄闇の中に、ふいに低い男の声が響いた。

ふたりは、びくっとして、あわてて身体を離した。

入り口近くにある灯りのスイッチが入り、パッと室内が明るくなった。

そこに、坂口が立っていた。

まわりに、さきほどの四人の男たちもいた。

「遠慮はいらねえ。続きをやってくれ」

坂口が言うと、男たちが、下卑た歓声をあげた。

「ねえ、あなたン」

「やめちゃいや」

「おっぱいを触ってちょうだい」

女の声をまねて、鼻にかかった声を出す。

「やめてくれ！」

大凰は叫んだ。

口笛が鳴った。

若い女——それも深雪のような女性にとっては、これにまさる恥辱はなかった。初めての口づけの現場を見られ、しかも、それをネタにからかわれているのである。

深雪の眼に、涙がうかんでいた。

大鳳の身体が、さっきとは別のもので、熱くなっていた。

「やめろ！」

大鳳がどなると、騒ぎがいっそうけたたましくなった。

「一人前なのは、逃げる時と、女をからかう時だけか——」

ほんのひと月まえなら、まるで信じられない台詞が、大鳳の口から飛び出していた。

男たちの顔色が変わった。

ついさっきの、己のみっともない逃げっぷりを人前にさらした心の傷が、まだ残っているのである。大鳳の言葉がその傷をえぐったのだ。

だが、その言葉に一番驚いているのは、男たちではなく大鳳だった。以前なら、どんなことがあろうと、相手の暴力から逃げることだけを必死に考えるはずの自分が、まるで逆の言葉を口にしていたからである。

大鳳の頭に血がのぼっていた。

「ケンカを売ろうてえのか」

坂口が、ドスの利いた声で言った。

ヤクザも舌を巻くほどの凄《すご》みがある。

「おもしれえ」

のっそりと歩いてくる。

軽く右足をひきずっていた。

「どうしたんだ、その足は。逃げる時にでも転んだのか」

と、大鳳。

「ふん」

「最後にやった蹴《け》りで、やられたんだろう」

「なに⁉」

「久鬼に、あの時、右足の指をどうにかされたんだろうが」

坂口の顔が、どす黒く変貌《へんぼう》した。

「そうさ。親指の関節をはずされた——」

「それにしてはみごとな逃げっぷりだったじゃないか」

「必死だったからな」

「顔色が悪いぜ」

「やつは人間じゃねえ。あれは、空手の技でもなんでもねえ。生まれつきってやつだぜ。こいつは、野郎と向きあった者にしかわからねえだろうけどよ」

「——」

「おれもな、少しは腕に覚えがある。相手があの阿久津ならともかく、久鬼なら、どんなにやつが腕がたとうがなんとか料理できる自信があった。身体の大きさが違うんだ。二、三発は殴られても、こっちが一発決めればそれで終わりだとな――」

「そうはいかなかったんだろう」

「ああ。向きあったとたんにな、ぞっとしたんだ。ほんとならあそこで逃げ出したかったところよ。あれ以上やっていたら、こんな足の指くらいじゃすまなかったろうよ。ついさっき、久鬼があの女と帰るまでは、学校にはとてももどる気分にゃなれなかったぜ――」

久鬼と由魅とが一緒に帰ったと知らされた時、大鳳の胸に、軽い痛みが走った。

あのふたりがどういう関係なのか――。

深雪と初めての接吻《せっぷん》をかわしたばかりだというのに、そんなことを考えている自分に、大鳳はたじろいだ。

「おれはよ、この学園をやめるぜ――」

「何だって」

「あたりめえだろう。おれより強いやつがいるところなんぞにいられるか。あの阿久津とぶん殴りっこをして、勝ったの負けたのと言ってるんならいいが、久鬼はいけねえ。あいつは毒ヒルみてえなもんさ。毒ヒルにたかられるよりは、ライオンの口の中に手を突っ込む方が、まだマシってものさ――」

苦々しく吐き捨てた。

すぐ近くから、大鳳をねめあげる。

「大鳳、面《つら》ァかせや。あれだけ言ったからには覚悟があるんだろう」

大鳳と深雪の背後に、四人の男がまわり込んでいた。

「逃がすんじゃねえぞ」

坂口の眼が、獰猛《どうもう》にギラリと光った。

大鳳は、自分と深雪とが直面している事態の剣呑《けんのん》さに、ようやく気がついていた。

4

校舎の裏手――

西側の雑木林の中である。

大鳳と深雪を、五人の男が取り囲んでいた。

大鳳の正面に、坂口が立っている。

「ね、やめて――」

深雪の声が空しく響く。

「へ。大声を出すんなら、さっき教室にいる時にすりゃあよかったんだ。ここまで来たら、あきらめるんだな」

背後の男のひとりが言う。

大鳳の興奮はもはや醒《さ》めていた。頭の中には、ただ後悔だけがあった。

——何故、あんな挑発的なことを言ってしまったのか。

おとなしくしていれば、こんな目に遭わずにすんだのだ。

熱にうかされていたのだ、と想う。最近になって、精神のバランスがどこかおかしくなっているのだ。

彼等に囲まれ、ここまで来るうちに、大鳳は、これまで自分がよく知っている人間にもどっていた。彼等の、ギラギラする生臭い暴力の波動が、大鳳を極端に臆病《おくびょう》なけものにさせていた。

完全に呑《の》まれていた。

ついさっきまで、いくらかなりとも、己が強くなったと感じていたことが、まるでウソのようである。

こうなっては、もはやだめである。

足がガクガクと震えそうになるのを、かろうじてこらえているだけだった。そこにへたり込み、泣いて許しを乞《こ》うことができれば、どんなに楽だろうと思った。深雪さえいなければ、大鳳はそこに土下座していたかもしれなかった。

「さあ、ここで、さっきの続きをやってみろよ」

「全部やっちまったっていいんだぜ」

「やり方がわからねえのかい」

男たちが輪を縮めてきた。

ほの暗い林の中で、彼等の黒い影がいっそうその威圧感を増していた。

「おい、なんだ、こいつ震えてやがるぜ」

男たちのひとりが、驚いたような声をあげた。

それが、たちまち嘲《あざけ》りの声に変わった。

「見ろよ。この色男、今にもションベンたれそうな面してやがる」

「もらしちまいな。裸で帰ればいい」

「おかあちゃん」

「織部にパンツをかえてもらえ」

先ほど、ぶざまな逃げっぷりを大鳳に見られている分だけ、彼等のいたぶりは執拗《しつよう》だった。

「何とか言えよ」

彼等のひとりが、どんと肩を突いてきた。

大鳳は反射的にそれをよけていた。

「ちっ」

男が軽く拳《こぶし》をふるう。

それも大鳳にはあたらなかった。大鳳が身を沈めたのだ。

無意識の動作だった。

男の顔が、さっと赤く染めあがった。

「てめえ！」

本気で突っかかってきた。

自然に、大鳳の身体がその拳をかわし、大鳳は、その男の頬に掌を叩《たた》き込んでいた。拳ではなく、手の平の底にあたる場所で、男の頬を打ったのだ。男がのけぞった。九十九との練習の成果が自然に出たのだ。

大鳳は、頭がかっと熱くなり、ぼうっとなった。生まれて初めて人を殴ったのだ。

おそろしい恐怖が大鳳を捕らえていた。

――殴ってしまった。

もう取り返しがつかない。自分は、男たちに徹底的にやられてしまうだろう。

男が起きあがって頭から大鳳の腹に突進してきた。

ぶつかった。

大鳳は、身体をくの字に折って仰向《あおむ》けに倒れた。草が頬をこすった。

「おら、おらあっ」

男が、大鳳の胸元をつかみ、草の上からひきずり起こした。

深雪が悲鳴をあげた。

坂口が、背後から深雪を捕まえた。

「逃げるんじゃねえ。これがすむまでな」

それを視界の隅に捕らえた瞬間、大鳳の顔面に、熱いものが爆発した。男の拳がきれいに入ったのだ。

大鳳は、近くのクヌギの幹に、後頭部をぶつけた。男が、なおも殴りかかってくる。

「やめて、くれ——」

つぶやく大鳳の顎《あご》に、またパンチが入った。

幹からひきはがされ、激しく突き飛ばされた。三人の男が、倒れそうになる大鳳を抱きかかえた。

「まだまだ」

「これからこれから」

腹を蹴《け》られ、顔を殴られる。

口の中が、生臭いものでぬるぬるしていた。血だった。鼻の方からまわってきた血もあった。

「おい、こいつのあれを、この女に見せてやろうぜ」

大鳳は、草の上に仰向けに転がされた。

四人がかりで、そこに押さえつけられた。ひとりが、大鳳のズボンのベルトに手をかける。

彼等の意図を知り、大鳳はめちゃくちゃに身体をゆすって暴れた。

「おっとっと——」

　四人が、さらに力を込める。

　ベルトがはずされ、ファスナーが下ろされた。強引に、下着ごとズボンを引き下ろす。

「織部、よく見ておけ。これがおまえの好きな大鳳くんのあれだぜ」

　股間《こかん》が冷気にさらされ、大鳳はそこに風を感じていた。

「顔をそむけないで見ろよ」

「初めてかい、こいつを見るのは」

「これはよ、早いとこあんたのあそこに入りたがって、うずうずしてんのさ――」

　屈辱で、大鳳の顔面がまっ赤に染まっていた。深雪が、眼をそむけていてくれることを願った。

　女の眼の前で、こんなに侮辱されて、何もできない自分が情けなかった。自分で自分をくびり殺したかった。

　何でこんな目に遭わなければならないのか。

　おれが何をしたというのだ。

　いつだって、こっちが避けようと思えば思うほど、むこうの方から暴力がやってくるのだ。おれは、磁石のように暴力を吸い寄せてしまうのだ。

　およそ一ヵ月間、円空山で学んだ拳法《けんぽう》が、まるで実戦の役にたたなかった。中途半端な技よりは、気迫の方が勝ってしまうのだ。

「大鳳だけじゃあ不公平だなあ」

坂口が、ぼそりと言った。

自分の思いつきに、舌なめずりしているような声だった。

大鳳の背を、寒気に似た恐怖が貫いた。

「織部のを、大鳳にも見せてやらなくちゃあな」

「やめろ、彼女は関係ないんだ」

「そうはいかんさ。おれは、不公平が嫌いなんでね」

深雪の細い悲鳴が、高く夕闇の大気を貫いた。

坂口の大きな手が、深雪の胸元に差し込まれていた。制服の下、胸のあたりで手が動いているのは、なまじ見えるより遥《はる》かにエロティックだった。

「いや。いやよ。大鳳くん、助けて――」

深雪が大鳳の名を呼んだ。

大鳳は歯ぎしりをした。きりきりと歯が音をたてた。身体中の血が、今にも煮えたぎりそうだった。

「そうれ!」

半分引きちぎるようにして、制服とブラウスがぬがされた。ブラジャーのヒモが切れ、胸があらわになっていた。

両手で胸を隠そうとする深雪を、坂口が後方から邪魔をしている。大鳳を含め、男たち全員の視線が、乳房にそそがれていた。

小ぶりだが、形のよい乳房だった。肌の色が、薄闇に白く鮮やかだった。坂口に、右腕を上後方に捕られているため、右の乳房が薄くなって、少年の胸になっている。

一瞬、それだけの光景が大鳳の眼に焼きついた。

「見ないで！　大鳳くん、見ないで!!」

大鳳は狂おしくもがいた。

今ほど、自分に力が欲しいと思ったことはなかった。大鳳の視界が、赤い闇で閉ざされた。頭に血が昇り、怒りで眼がくらんだのである。

四人でも押さえきれぬほど、凄《すご》い力で大鳳は動いていた。大鳳の口から、号泣《ごうきゅう》がほとばしっていた。大鳳は、その声が、自分の喉《のど》からもれていることすら気がつかなかった。

不気味な獣の声だった。

肉体が熱を帯びていた。

熱かった。炎に焼かれているようだった。その炎からのがれるように、大鳳はもがいた。

肉体の底の一番奥――そこに、何かが生じていた。黒い、不気味なエネルギーの塊のようなもの。それが、見るまに大鳳の内部にふくれあがってくる。禍々《まがまが》しい瘴気《しょうき》が、どくんどくんと脈うちながら、そこからふきあげてくるようであった。

獣の叫びを喉からほとばしらせながら、大鳳は恐怖の悲鳴をあげた。

黒い塊――それは、大鳳の肉体につかえていた。まるで、その黒いエネルギーが巨大すぎて、大鳳という通路では小さすぎるかのように——。

ぶっつりと大鳳の肉体が深い所で破けた。

それが、大鳳の肉体をきしませながら、頭を持ちあげた。もぞり、とそれが這《は》いあがってくる。大鳳は、苦痛の呻《うめ》き声をあげた。母親が、胎児を分娩《ぶんべん》する時にあげる声だった。

それが、どっと体内にふきあげた。

黒いエネルギーが、大鳳の身体に満ち、あふれ、なお足りずに爆発した。

その瞬間、恐怖は消えていた。

凄《すさ》まじい快感があった。肉体の恍惚《こうこつ》境だ。

大鳳の身体から、四人の男たちが跳ね飛ばされていた。

男たちが地に転がった。

「野郎!」

男のひとりが立ちあがりかけた。

その男に向かって大鳳の身体が、猿《ましら》のように宙を飛んで躍りかかっていた。男が跳ね飛ばされ、立ち木に背をぶつけて動かなくなった。

三人の男が、大鳳に飛びかかる。

ひとりの男の手にはナイフが握られていた。

大鳳の身体が一瞬縮み、次の瞬間に、大鳳は宙に舞っていた。大鳳は、軽々と三人の頭上を越えていた。猿というよりは、もう鳥であった。

三人の男には、まだ何が起こったのか信じられなかった。完全にど肝をぬかれていた。

大鳳の下半身が裸であるというのも、男たちにとっては不幸だった。上が学生服、下が裸の大鳳をなめてかかる気持ちと恐れとが、ぶつかり合い、正常な判断ができなかったのである。

久鬼にそうしたように、男たちはひたすら逃げ出すべきだったのだ。

その戦いは、まるで、獅子《しし》が、じゃれかかる犬っころをけちらすのに似ていた。

細身の大鳳が、完全に三人の男を圧倒しているのである。

三人の男が、大鳳の足元に転がっていた。

ひとりの男は、あばら骨を折られていた。

もうひとりの男は、前歯をへし折られ、顔面を血だらけにしていた。

最後の、ナイフを持っていた男は、そのナイフで自分の太股《ふともも》を刺して、呻きながら転げまわっていた。

一番被害の軽かったのは、最初にやられた男であった。

「大鳳、てめえ――」

そこにつっ立ち、燃える眼で自分を見つめている大鳳を見て、坂口は言葉を呑《の》み込んだ。

大鳳は、幽鬼のような形相をしていた。

美しい顔が歪《ゆが》み、悪魔じみた顔つきになっていた。

坂口の全身の毛がそそけ立っていた。

大鳳が、走った。

走りながら咆《ほ》えた。

人間の声ではなかった。

坂口が、恐怖の叫び声をあげなかったのはさすがであった。

大鳳のその攻撃から己を守ったのは、この男の、したたかな、天性の闘争本能だった。

坂口は、大鳳に向かって、深雪を突き飛ばしたのだ。

大鳳が、横に跳んで深雪をよけた隙に、坂口はおもいきり走り出していた。しかし、逃げきれるとふんだのは、大鳳の能力に対する坂口の誤算であった。坂口は、深雪を離すべきではなかったのだ。

雑木林の出口に達しかけた時、ざっと頭上の梢《こずえ》が鳴った。

黒い影が、坂口の前に落ちてきて、草の上に立った。

大鳳だった。

瞳《ひとみ》が、青白い炎を発していた。

大鳳が咆哮《ほうこう》した。

すごい足蹴《あしげ》りの一撃が坂口を襲った。技も何もなかった。力まかせの丸太ん棒だった。

坂口が、腕をクロスさせてそれをブロックした。そのブロックごと、坂口の身体がふっ飛んだ。

木の幹にもろに後頭部を打ちつけ、坂口は気を失ってそこに倒れた。

大鳳は、坂口の上に馬乗りになり、狂ったようにパンチをあびせた。何かの快感のようなものが、坂口を殴るたびに、肉を貫いて走った。

拳《こぶし》が、坂口の肉と骨にぶつかる音。

血の匂い。

大鳳は酔いしれていた。

おもいきり殴った。肉がひしゃげ、骨がきしむ。

殴った。

殴った。

何ものかに憑《つ》かれたように殴り続けた。

「やめて、坂口さんが死んじゃうわ！」

深雪が、血だらけの大鳳の拳にしがみついて、必死に叫んでいた。

大鳳は我に返った。

深雪の、涙で汚れた顔を見たとたん、ふっと意識が遠のいた。

大鳳は立ちあがった。

足がふらついた。視界がまっ暗になっていた。自分はどこにいるのかと思った。

両の拳が、ひどく痛かった。

疲れていた。
たとえようもない脱力感と解放感があった。
身体が、死ぬほど熱かった。
このまま横になったらどんなに楽だろうと思った。
思ったとたん、自分の身体が斜めになっていくのがわかった。
どん、と、地面が身体に触れた。
大鳳は、草の上に、楽々と仰向《あおむ》けに横たわった。
草が頰に触れている。
冷たくていい気持ちだった。
女の叫び声が聞こえたように想った。
自分の名を呼んでいるらしかった。
いい気分だった。
最高だった。
その草の感触と、女の声とが、大鳳がその時最後に感じたものであった。
大鳳は、眠りに落ちていた。
深雪が大鳳の額に手をあてると、そこは火のように熱かった。

四章　甘い罠

1

——白蓮庵《びゃくれんあん》。

学生服姿の久鬼が、床の間に向かって正座している。

床の間には、活《い》けたばかりの花が置かれていた。

信楽焼《しがらき》の丸水盤に、ナツハゼ、ヤマシダ、桔梗《キキヨウ》が、みごとな調和を見せていた。桔梗の紫がふたつ——それが、空間にリアルな奥行きをあたえている。そのまわりの空気がぴんと張りつめている。その張り具合に、手で触れそうな気さえした。

鬼道館へつながるふすまの向こうから女の声がした。

久鬼の答えを待たずに、ふすまが開き、由魅が入ってきた。

手に、小さな包みを持っている。

「肉を買ってきたわ」

久鬼の横に座り、畳の上に包みを置いた。

久鬼は黙って床の間を見ていた。

「鮮やかなものだわ」

由魅は、水盤に眼をやって言った。

「少しの風が吹くのさえ、怖いくらい――」

「確かに――」

と、久鬼がうなずいた。

「完璧《かんぺき》すぎるというのは、ひとつの欠陥です。しかし、ぼくにはこうしか活けられない」

背がぴんと伸びている姿は、とても一〇代の高校生とは思えなかった。

「大鳳という男――」

久鬼は、訊《き》かれもしないのに、口を開いた。

この男にしては珍しいことである。

「彼は、ぼくと同じ匂いを持った人間です。しかし、彼には欠点が多すぎる。自分を守ろうとすることだけで、いっぱいです。しかし、おもしろいものがある。泥とダイヤモンドとを、かき回して詰め込んだ袋のようなものです。花を活ける、というのは、その泥もダイヤも、みんなひっくるめて水盤の上にさらけ出してしまうことです。だから、ぼくは、彼の活けた花を見てみたいのです――」

「彼の、泥の方に興味があるんでしょう」

「そう。ダイヤの原石は、皆、泥の中から見つけ出されるのですからね」

「あなたは磨かれたダイヤモンド、大鳳はまだ泥にまみれた原石——」

「あからさますぎる比喩《ひゆ》ですね」

「気持ちが悪い？」

「気持ちが悪い。しかし、これは言えます——」

「何かしら」

「ダイヤモンドに意思があるなら、どのダイヤモンドも皆、自分より大きくより美しい仲間のダイヤモンドを、快くは思わないでしょうということです」

「で、彼はどうなの」

「まだわかりません。昨日、坂口とやった時に、ぼくは大鳳にひとつのメッセージを送りました」

「——」

「大鳳は、そのメッセージに気がつきました」

「で——」

「それをぼくからの挑戦状と受け取るか、ただの戯《たわむ》れと取るかで、彼の原石のほどがわかるでしょう」

「挑戦状？」

「むろんただの戯れです。今のところはね。問題は、彼がどう受け取るかということですよ」

久鬼の端整な顔に、微《かす》かに朱がさしていた。

「その大鳳のことだけど――」

「聞きました。昨日、坂口とやったそうですね」

「やられたのは坂口で、それも相当派手にやられたみたい」

由魅の言葉に、久鬼の顔に笑いが浮かんだ。

「当然でしょう。原石とはいえ、ダイヤはダイヤです。ちょっかいを出せば、傷つくのはガラスの方ですよ」

「いくら原石でも、あそこまでやるとは思わなかったわ」

「原石を拾って磨いている者がいるのです」

「九十九さん？」

「あの男もそうです。そしてもうひとり、真壁雲斎という男――」

「真壁雲斎――？　あなたが九十九さんと円空拳を習っていたという爺《じい》さんね」

「得体の知れない人物です。ぼくを磨いたのも、彼ですよ」

「あなたはどうして、その雲斎とかいう爺さんの所を離れたの？」

「ダイヤはダイヤ自身のものですからね。仕上げのカットは、自分の手でやるのがいい」

「嘘。わたしにはわかるわ。あなたは、あそこに未練を持っているんじゃなくて——」

「かなわないな」

久鬼の顔に、思いがけなく、苦い笑いが浮かんだ。

「本当の原因はこれね」

由魅は、畳の上の包みに眼を落とした。

とたんに、久鬼の顔から笑いが消えた。

すうっと表情が消え、能面に似た顔つきになった。

暗い、氷のような瞳《ひとみ》が、由魅を睨《にら》んでいた。

思わずぞくりとするような眼だ。

「わるかったわ」

震えを押し殺した声で由魅が言った。

久鬼は、無言のまま手を差し出し、制服の上から由魅の乳房をつかんだ。相当に力がこもっている。

「痛いわ」

由魅が、小さい声で呻《うめ》く。

久鬼は、そのまま由魅をひき寄せ、唇を重ねた。乳房を握った手にさらに力をこめる。

「おまえはおれのものだ」

唇を離し、低く言う。

ぼくがおれになっている。

「大鳳に興味があるらしいな」

由魅の眼を上から覗《のぞ》きながら言う。

「そうなんだろう」

「あるわ」

「大鳳とこうしてみたいか」

「——」

「答えるんだ」

「ええ、してみたいわ」

「寝てみたいんだろう」

「その通りよ。寝たらどうなの？」

「殺す」

久鬼が、感情を殺した声で言う。

それだけに、不気味な迫力があった。

「わたしを殺すの？」

「おまえは殺さない。殺すのは大鳳だ」

久鬼は、手を離し、由魅をもとの姿勢にもどした。

由魅が、ほっと息をついた時、ふすまの向こうから、野太い声がした。

「いるか、久鬼」

九十九の声だった。

「入るぞ」

ふすまが開いて、のっそりと九十九が入ってきた。

後足で立ちあがった灰色熊《グリズリー》が、腰をかがめて檻《おり》の中に入って来るのに似ていた。しかし、顔は、灰色熊よりずっと愛敬《あいきょう》がある。

九十九は、この部屋が狭すぎるとでも言いたげに、内部を首をすくめて一瞥《いちべつ》した。

そのままそこでどっかり胡座《あぐら》をかく。

「どうだった」

前置きもなしに、いきなり九十九が訊いた。

「まあ、予想通り、ということになりそうです」

「そうか」

九十九がほっとしたような顔つきになった。

「何の話なの？」

由魅が怪訝《けげん》そうな表情で訊いた。

「今話していた大鳳くんの件です」

久鬼が言う。

「彼の？」

「あの事件をぼくに知らせてくれたのは九十九です」

「おれも、けっこうな知り合いを持ったもんさ」

いくらかの皮肉をこめて、九十九が言った。

「しかたないでしょう。ぼくにもいくらか責任がありそうですから」

「どういうことなの？」

「久鬼が、裏工作をしてくれたのさ」

「あんなものは、裏工作と言えるほどのものではありませんよ。それに、ぼくが勝手にやったことですから——」

「表沙汰《おもてざた》にならずにすんだようだな」

「そうです。相手はもともと札つきの人間だし、坂口たちの方が、むしろほっとしていることでしょう。大鳳くんの行為は、正当防衛です。まあ、過剰防衛ではありますがね——」

「織部が、円空山までおれに電話をしてくれたのさ。それで昨夜、久鬼の所に電話したんだ。親父《おやじ》がその土地の顔利きだと、それなりにいいこともあるもんだな」

「おそらく、織部をのぞく全員が一週間ほどの停学でしょう。坂口たちはともかく、大鳳も一週間の停学というのは、九十九には納得がいかないかもしれませんが」

「そんなことはない。仮にも、数人に重傷を負わせたんだからな。向こうにも親がいることだろうし——」

「形式的なものです。学園側にしても、新聞沙汰は困りますしね。学園内部だけでおさまりがつきそうで、ほっとしているでしょう。今日、一部の教師たちの間で話し合いがもたれ、そういうことになるはずです」

「妥当なところだろう」

九十九が、太い顎《あご》でうなずいた。

「大鳳くんの具合はいかがですか」

久鬼が、訊《き》いた。

「今朝寄ってきたんだが、まだ眠っている。熱がひどい」

「熱？」

由魅が口をはさんだ。

「医者にも原因がわからんそうだ。大鳳自身は、心配はいらないと言っている。年に一度は、そういう状態になるらしい」

九十九が帰ったあと、由魅と久鬼とは、しばらく顔を見合わせたまま、沈黙していた。

「ね」

声を発したのは、由魅だった。

「あなたも、昨年、そんなことがあったわね」

黒い瞳が、意味ありげに久鬼を見つめた。

久鬼は、無言でうなずいた。

2

長い悪夢だった。

どろどろとまっ赤にただれた溶岩の中に閉じ込められ、呼吸もできずに喘《あえ》いでいるようだった。

自分が発熱しているのだということはわかっていた。

それが、一年に一度、夏が来る前に必ずやってくる、あの熱だということもわかっていた。

得体の知れない獣に喰《く》われるあの夢とあわせて、昔からの大鳳の持病のようなものだ。

おそろしい高熱が三日ほど続き、その後、熱は嘘のようにひいてしまう。

いつも、それは六月頃であった。

それが、今年は五月にやってきた。

しかも、いつもよりだいぶひどい。

肉や骨が、きりきりと痛むのである。何かの力に、強引にねじくられ、形を変えられているかのようだった。関節がきしみ、筋肉が悲鳴をあげている。

夢の中で、九十九と織部の顔を見たように想った。

「だいじょうぶか」

と声をかける九十九に、

「いつものことだから心配はいらない」

そう答えたような気もする。

それも、今は、赤黒い悪夢の底で、諸々の記憶の断片と一緒になり、煮えたぎっている。

あの、黒い獣が姿を現し、身体中を暴れまわっているのだと想った。

——そうか、自分はあの獣に全部肉体を喰われてしまったのだな。

そんなことも想った。

大鳳は、黒い塊の中に呑《の》み込まれている自分を発見した。どうやら、黒い獣の体内に呑み込まれ、その内臓の中をひたすら逃げまわっているのであるらしかった。血の塊のような、粘液質のものが、自分を包んでいる。それがひどく熱い。

「おまえはおれのものだ」

大鳳を包んでいる黒いものが、どろどろと汚汁をしたたらせるような声で言う。

「もう一生逃げられぬぞ」

「助けて——」

大鳳は叫ぶ。

「無理だな」

黒いものが答える。

その声が自分の声であるような気もした。

「無理なのだ逃げられぬのだ助けても逃げられぬ無理なのだ熱い熱いもうおまえはおれのものだおれはおまえのものだおまえはおれのおまえはおれのおまえのおれはおれ……」

大鳳は、いつの間にか、自分自身と激しく言葉のやりとりをしているのだった。

久鬼や由魅、九十九、深雪、雲斎、そして坂口や菊地たちの顔も出てきた。

坂口は、血だらけの顔をふりたくり、痛い痛いと叫んでいた。これはおまえがやったのだ、これはおまえがやったのだと、坂口は叫びながら傷のひとつずつを指さすのだった。

気の遠くなるほど長い責め苦の果てに、いつしか、大鳳はやすらかな寝息をたてていた。

——そして。

大鳳は、自分が目醒《めざ》めつつあるのを知った。

深い水の底から、水面へ浮上してゆくように、意識がもどってきた。

眼をあけると、九十九と深雪の顔がそこにあった。

ふたりが、心配そうな表情で覗《のぞ》き込んでいた。

「やあ」

大鳳は言った。

深雪の顔が、笑顔になり、その顔がたちまちくしゃくしゃに崩れた。眼に、涙があふれていた。

深雪は泣いているのだった。

大鳳は、自分がひどく場違いな挨拶《あいさつ》をしてしまったことに気がついた。

とたんに、失われていた記憶が、伸びていたゴムがもとの姿にかえるようにもどってきた。

「ぼくは、どうしてたんですか……」

「眠っていたのさ、ずっとな」

九十九が言った。

この男が、照れずに、こんな優しい声が出せるのかと想うほど、耳に快い声だった。

深い安堵《あんど》感が、身体に満ちた。

「三日間さ。今朝になって熱が下がったんで安心していたところさ」

「今、何時ですか」

「夜の九時だよ」

「身体中の力が、みんな抜けてしまったみたいです」

起きあがろうとした大鳳の手に、痛みが走った。蒲団《ふとん》から抜け出して見ると、両の拳《こぶし》に繃帯《ほうたい》が巻いてあった。その白さが眼にしみた。

「まだ寝ていろ。無理するな」

「これは――」

大鳳は拳を見つめながら言った。

「さんざ、坂口たちをぶん殴ったむくいさ」

九十九が笑う。

「何もわからん未熟者が、鍛えてもおらん拳で人を殴ったからだな」

雲斎の声だった。

「先生、来ていらっしゃったのですか」

大鳳が、首を左に向けると、窓に背をあずけ、胡座《あぐら》をかいている雲斎が笑っていた。

胡座の前に、焼酎《しょうちゅう》のビンがあり、手に湯呑《ゆの》み茶碗《ぢゃわん》を持っていた。

「おう、勝手にやらせてもらっておる」

雲斎は、手に持った湯呑みを、軽くあげてうなずいた。

「大鳳、この三日間、昼間は雲斎先生がずっといらっしゃってくれたんだ」

九十九が言った。

「夜は、九十九さんがずっと泊まって下さったのよ」

深雪が言う。

「深雪ちゃんが、朝と夕方に来て、おれたちの食事を作ってくれたんだ」

「そうさ。みんなそこのお嬢ちゃんがやってくれたのさ。溲瓶《しびん》におぬしの小便まで、ちゃんととってくれたのだぞ――」

雲斎が真面目な顔で言う。

「ほんとですか」

「嘘などつくものか」

雲斎は、ぐびりと焼酎を飲んだ。

「そんなこと、わたし――」

深雪があわてて言った。

「冗談、冗談……」

雲斎が笑って言った。

つられて、大鳳の顔もほころんだ。

「おまえのご両親に連絡をとろうとしたんだが――」

九十九が、笑った大鳳に話しかけた。

「担任の大石先生から聞いたよ。アメリカへ行ってしまってるんだってな――」

「はい」

「くわしい話は、そのうち、気がむいたら聞かせてくれ。今はゆっくり休むことだな――」

「だいぶ迷惑をかけちゃったみたいですね」

「お互いさまさ。そのうち、おれのシモの世話をさせてやるさ」

「わしのも頼むとするか。それとも、このお嬢ちゃんのがいいかね――」

深雪の赤くなった顔を見て、雲斎が、ほっほっほと声をあげて笑った。

「今日はおれたちはこれで帰る。今夜からは独りで寝るんだが、淋《さび》しくはないか」

「平気です」

「明日の朝と夜は、深雪ちゃんが食事を作りに来てくれる」

「学校の方は――。それに、坂口たちは今どうしています?」

大鳳は、ようやく気になっていたことを口にした。

夢の中で、何度も坂口の顔を見たように思った。恐ろしい血まみれの顔だった。

あの時、身体の中で、何かが爆発してからの記憶が、とぎれとぎれの夢のように残っていた。だいぶひどい目に遭わせてしまったようだった。

「学校の方は、あと四日、休んでもいいことになっている。久鬼がどこかに手を回したらしい。坂口たちとのことも、もうすんでいる――」

「久鬼さんが?」

「いくらか責任を感じてるのだろうさ。あいつの親父はな、ここらの顔利きさ。市会議員の何人かや、警察や医者にも知り合いが多い。中央にもパイプがあるらしいし、西城学園には多額の寄付もしている」

「知らなかった」

「春に札幌の中学から来たばかりじゃ無理はないさ」

「そんなことまで知ってるんですか」

「かまわんだろう。ご両親のことをたずねた時に、大石先生から聞いたんだ」

「すみません。別に、隠すつもりはなかったんですが——」

「謝ることはないさ。まあ、その話は、気がむいた時にでもすればいい。さっきも言ったが、今は眠ることだ——」

「はい」

その時、大鳳の腹が、おそろしく健康的な音で鳴った。

皆が笑った。

「腹が減っているのか」

大鳳は、突然に、自分が猛烈に腹をすかせていることに気がついた。餓鬼になった気分だった。

「はい。すごく」

「いきなり固形物はやめた方がいい。台所にスープが作ってある。深雪ちゃんが作ってくれたんだ。今日はそれにしておけ。明日からは、具合をみて、何でも好きなものを喰《く》わせてやる。何か欲しいものはないか。明日の夕方、買ってきて喰わせてやろう」

「肉を——」

と、大鳳は答えていた。

「肉を、腹いっぱい食べてみたいです」

3

大鳳は異様な飢餓感を覚えていた。

満腹感はあるのに、肉体のどこかで、もっともっと、貪欲《どんよく》に叫ぶものがあるのだ。

ついさっき、上等の牛肉を、生野菜と共にたっぷり二人前は、貪《むさぼ》り喰ったばかりである。しかし、まだ足りないのである。量ではない。もっと他の何かだった。

しかし、さすがに、まだ足りないとは、九十九には言えなかった。

九十九が、約束通り、自前で肉を買い込み、深雪が料理してくれたのである。

うまかった。

それが、うまければうまいほど、もの足りなさが残るのである。

九十九と深雪が帰ったあとも、大鳳は、切なさに悶々《もんもん》と寝返りをうった。

昨日、九十九が休みと言っていたのが、実は停学であることを今日知らされた。坂口と、あわせて三人が入院しているという。

それが、自分がやったものだということが、まだピンとこなかった。

殴られた顔の痛みと、両拳の繃帯がなければ、信じられぬことである。

たっぷり寝たせいか、なかなか寝つかれなかった。

とりとめのない映像が、灯《あか》りを消した部屋の闇の中に浮かんでは消えた。

それでも、いつしか、うとうととまどろんでいたようだった。

ふいに、大鳳は、怪しいものの気配で目を醒《さ》ました。

部屋の中に、誰かいるのである。

ほのかな匂いが、闇に溶けて漂っている。

女の香水の匂いだった。

「目が醒めたようね」

枕元で、女の声がした。

聴き覚えのある声だった。

「由魅さん？——」

大鳳は、ささやくように言って、頭をそちらに向けた。

「そう、由魅よ」

街灯から差し込む光で、部屋の中は、暗い海の底のように見えた。その海の中に、由魅がいた。

由魅は、横座りに、しなを作るようにして、大鳳を見下ろしていた。外からの灯りに、闇の中で、黒い瞳《ひとみ》が濡《ぬ》れて光っている。

たっぷりルージュをひいたらしい唇も、ぬれぬれと妖艶《ようえん》な光沢を放っていた。その唇が、すうっと横に開き、白い歯の向こうに、怪しい生き物のように、舌が動いた。

由魅が笑ったのである。

大人の、それもとびきり上等の女が、男を誘う、蠱惑《こわく》的な笑いだ。

ぞくりと首筋の毛がそそけ立ち、大鳳は唾《つば》を飲み込んだ。

ごくりと喉《のど》の鳴る音が、驚くほど大きく闇に響いた。

「あなたが欲しがっているものを、持ってきてあげたの」

「ぼくが欲しがっているもの？」

自分の声がかすれているのがわかった。

「そうよ」

柔らかく、歌うように由魅がささやいた。

〝そうよ〟と由魅の唇が動かなければ、聴きとれないほど小さな声だ。

大鳳が、上半身を起こしかけると、ふわりと由魅がかぶさってきた。由魅の顔が、思いがけないほど近い所から、大鳳を見下ろしていた。

大鳳の頭の両側に、両手をついているので、身体はまだ触れ合っていない。

香水と、匂うような女体が、大鳳の頭をしびれさせた。

「ね、あなたは弱虫？　わたしが怖くはないの？」

「わ、わかりません」

自分の腰の中心が、硬く張りつめているのがわかっていた。それを、由魅に知られるのが恐ろしかった。

由魅は、ふふふ、と笑って、大鳳の腰に、触れるか触れぬほどに体重をあずけてきた。

布越しに、大鳳の硬くなっているものが、由魅の体温を感じとっていた。

由魅の顔がすっと下りてきて、紅い唇が大鳳の唇に触れた。表面が微《かす》かに触れ合ったとたん、由魅の唇はふっと遠のいた。

遠のく時に、由魅の温かいピンクの舌が、ちろりと大鳳の唇を舐《な》めていった。

腰と唇とをつなぐ身体の中心に沿って、ぞくりと快感が走りぬけた。

「ね、欲しいんでしょ」

と、由魅が言った。

「な、何をですか――」

「ふふ……。わたしにはわかっているわ。あなたの欲しいものはふたつ――。でも、それを口に出すことができないのよ」

「――」

「足りなかったんでしょう」

「――え」

「もの足りなかったんでしょう。あのお肉。食べても食べても足りなかったんでしょう。食べれば食べるほどもっと欲しくなってたまらなかったんでしょう。わたしにはわかっているわ。あなたはまだ食べたがっている――」

すっと身を引いて、由魅は、畳の上に置いていたものを拾いあげた。

それは、大鳳も見覚えのある、あの、小さな包みだった。

つい数日前、早朝の校庭で、久鬼とこの由魅と顔を合わせた時に、由魅が持っていたのがその包みだった。大鳳は、その中に何が入っているか知っていた。

中身は――

「生のお肉」

お、に、く――と由魅がささやいた時、おそろしいほどの衝動が、大鳳の身体を貫いていた。

そうだ。

そうなのだ。

おれは、その生の肉が欲しかったのだ。

生の肉を、腹いっぱい、胃がパンクするまで詰め込みたかったのだ。血のしたたる肉に顔をうめ込んで、思うぞんぶん、死ぬほど喰いまくってみたいのだ。

大鳳は、その肉に飛びついて、ひったくり、貪りまくりたい衝動を、かろうじてこらえた。

「これが欲しいのね」

由魅が、歌うように言う。

「いいのよ。隠さなくてもいいのよ。ちっとも恥ずかしいことじゃないんだから。これが欲しいのね。さあ、言ってごらんなさい。言えば、あなたはずっと楽になるわ。あなたは、これを、気が狂うほど欲しがっているはずよ――」

「そうだ」

と、大鳳は答えていた。

「頼む。おれにそれを喰わせてくれ——」

切ないほどの欲求に、身がちぎれそうだった。喉の奥で、犬のように唸《うな》った。

由魅が、笑みを口元にためながら、その包みを開くのを、大鳳は、身体を起こして睨《にら》んでいた。

久鬼のことも、深雪のことも、九十九のことも、円空拳のことも、すべて、大鳳の頭から消し飛んでいた。ただ、早くその肉を貪《むさぼ》りたいという、欲求だけがあった。

闇の中に、赤い身に、白く脂のからんだ肉が現れた。

「さあ、お食べなさい」

言われたとたん、大鳳はその肉に飛びついていた。涎《よだれ》があふれていた。手づかみで、その肉を口に運び、引きちぎった。

とろけるような肉の甘みが、口いっぱいに広がっていた。

ひざまずいて肉を貪り尽くし、大鳳はようやく我に返った。

大鳳の背後から、首に、蛇のようにしなやかにからんできたものがあった。白い、ぬめるような由魅の腕だった。

耳元に、熱い息が吹きかけられた。

「あなたの欲しがっているものが、もうひとつあるって言ったでしょう」

白い腕が、ゆっくりと大鳳をふり向かせた。

由魅の顔が、艶然《えんぜん》と大鳳に微笑んでいた。

「それは、わたし。お、ん、な……」

顔がゆっくりと近づいてきて、唇がゆっくりと押しあてられた。大鳳は、それを避けなかった。

ねっとりと、熱く、柔らかな唇だった。

大鳳の口の中に、由魅の舌が忍び込んできた。それは、大鳳の舌をからめとり、弄《いら》うように動いた。

由魅の手が、大鳳の背に回されていた。由魅は、大鳳を抱いたまま、蒲団《ふとん》の上に、仰《あお》向《む》けに倒れ込んだ。

大鳳が上になった。

唇が離れ、大鳳は、由魅を上から覗《のぞ》き込む形になった。

「まだ、知らないんでしょう?」

由魅が言った。

「女のからだ——」

由魅の眼が、妖《あや》しい笑みをためている。

大鳳はやっとうなずいた。

喉がからからに乾いていた。

さっき、料理を喰《く》わせてくれた深雪のかわいい笑顔がふいに浮かんだ。しかし、それもすぐに脳裏から消えていた。

「わたしが教えてあげる……」

由魅が、そのままの形で、身体を入れ替えた。由魅が上になった。

硬くなったものが、布越しに、由魅の太股《ふともも》の肉を圧していた。それを刺激するように、由魅が腰をうごめかした。

上になった形で、由魅が、片手でブラウスのボタンをはずす。

大鳳の右手を、由魅の左手が捕らえ、ボタンをはずしたブラウスの布の下へ運んだ。

由魅は、その下に何も付けていなかった。

「ああ──」

大鳳は、声をもらした。

初めて由魅に会った時、赤い布を下からまぶしいほど押しあげていたものに、今、自分は触れているのだ。

それは、たっぷりと重く、柔らかく、そして温かかった。手のひらの下に、乳首があった。手を動かすと、それが、たちまち硬く尖《とが》った。

身体が芯《しん》からとろけるような手触りだった。こんなものが世の中にあったのかと思った。

大鳳の中に、嵐のように激しくふきあげてくるものがあった。熱い溶鉄の塊が、どっと身体の奥から叩《たた》きつけてきた。

大鳳は、手のひらの中のものを、荒々しく揉《も》みしだいた。

突きあげてくる欲望に、大鳳は我を忘れてのめり込んでいった。

暴風に似たひと時が過ぎ、大鳳は、泥のような眠りにひき込まれていた。身体中の活力を、すべて由魅に注ぎ込んでしまったようだった。それとも、さっき食べた肉の中に、何か薬が入っていたのかもしれなかった。

由魅が服を身に付ける衣《きぬ》ずれの音が、もう半分眠りかけている大鳳の耳に、心地よく聞こえている。

由魅が服を着終えた。

立ちあがり、由魅は、もう眠っていると思われる大鳳を、ほんの数瞬、見つめていた。

「キマイラが出てくるのも、もうすぐね」

低くつぶやいた。

部屋を出て行こうとする由魅に、大鳳はそのキマイラというのが何なのかたずねようとした。

だがそれは、言葉にはならなかった。

まぶたがほんのわずか、ぴくりと動いただけで、大鳳は、そのまま本物の深い眠りの底へと沈んでいったのである。

4

——大鳳は変わった。

久しぶりに登校してきた大鳳を見て、誰もがそういう感想を持った。

大鳳の内部で、何かが抜け落ちたようであった。代わって、もっと別の何ものかが大鳳に加わり、この少年の印象を、それまでとは違ったものに見せているのである。

貌《かお》の美しさが、前よりもいっそう際立っていた。

そして、以前には、どちらかと言えば女性的であったその美しさが、今ではすっかり男っぽいものに変わっているのである。いや、男っぽい、と言うよりは、野性的、という言い方をした方が、より正確かもしれなかった。

美しい毛皮をまとった豹《ひょう》のしなやかさが身にそなわっていた。

子供がひと皮むけて、大人になったような感じだった。

超然とした野生獣の匂いが、大鳳を包んでいた。神秘的な感じさえあった。

坂口との一件が、噂となって一般生徒の耳にも届いているのであろう。彼等の、大鳳を見る眼もこれまでとは違っているのだ。

一見した時の印象が、久鬼を見た時のそれと似てきたとも言える。似てきた、と言っても、完成された久鬼のそれと違い、大鳳のそれには、まだ粗削りなものがあった。久鬼にない、ふてぶてしさが大鳳にはある。

自分のことを、ぼくと呼ぶより、おれという時の方が多くなっていた。

登校した最初の日、大鳳は、白蓮庵に久鬼を訪ねている。

「変わりましたね、大鳳くん」

大鳳とふたりきりで対面した時、久鬼は素直に感想をのべた。

「みんなにそう言われます。自分ではそういう実感はないんですが」

それも、大鳳の正直なところである。

自分がどう変わったのか、ぴんとこないのだ。ただ、以前よりは人の眼を気にしなくなっているという気はしている。

大鳳は、悠然と久鬼の眼を眺めていた。

挑むような眼でなく、淡々とした眼であった。以前であったら、こんな風に久鬼を見ることなどできなかったであろう。おどおどした感じを必死に隠しながら、眼をそらせているか、挑戦的な眼つきで見ていたにちがいない。

正座している久鬼に対して、素直に胡座《あぐら》をかいている。

久鬼の視線を、対等に受け止めている。

久鬼が、今はあまり怖くない。

変わったというのは、こういうことを言っているのか、大鳳はそんなことを考えている。

久鬼が、医者やら学園側に対して、色々手をまわしてくれたらしいことは聴いている。

しかし、それは、久鬼がまず己のためにしたのであろうということも聴いている。学園側にしても、坂口たちにしても、一番良い形でおさまりがついたのだ。

自分自身は、特別なことはしていない。ただ巻き込まれただけなのだと大鳳は考えていた。

だが、大鳳は、とにかく、久鬼には礼を言っておかねばと思い、白蓮庵に来たのであった。もうひとつは、久鬼の顔を見ておきたかった。

久鬼がいなかったら、こんな風にはおさまらなかったであろう。その考えが頭に浮かんだとたん、一番良い形でおさまりをつけてくれた久鬼に対して、素直に感謝の念がわいた。

しかし、すぐには礼の言葉が出てこない。

やはり礼を言わねばならないんだろうな——。

礼を言うためにやってきたはずなのに、久鬼を前にしていると、礼の言葉が出てこない。

だが、礼は言うべきであろう。

大鳳は、頭の中に浮かんでくる、そんなとりとめのないものを見つめながら楽しんでいた。その楽しんでいる自分がおかしくなって、大鳳の顔が自然にほころんだ。

「何を笑ったんです？」

久鬼が言った。

「あなたに、お礼を言わなくてはと、そう想っていたんです」

「それで笑ったのですか」

「そうです」

大鳳の返事を聴いて、久鬼は苦笑した。

「やっぱり変わりましたね」

久鬼が言った。

まっすぐに大鳳の眼を見つめている。

「ほら、その眼――」

「この眼がどうかしたんですか」

「ようやく竜が頭を持ちあげてきた、そんな眼をしていますよ」

「竜眼のことですか」

「そうです」

「雲斎先生も似たようなことを言ってましたが、竜眼とはなんですか」

「中国風の言い回しでね、英雄というか、特殊な才能や運命を持っている人間の眼に現れる相のことですよ」

「ぼくが特殊なんですか」

「特殊でしょうね」

「どんな風に――」

「たとえば坂口たちのことですよ。よくあれだけのことをやれたと、自分でも不思議に思いませんか」

言われてみれば、その通りである。

無我夢中で、あの時のことはよく覚えていないが、よくあれだけのことができたものだと自分でも思う。円空拳を習いはじめていたとは言え、わずかひと月ほどの修行で、あれだけのことができるとは思えなかった。

しかし――

では何がどうなっているのかというと、それもよくわからないのだった。

自分の身体の内部で、何かが爆発したとたん、大鳳は、わけがわからなくなっていたのだ。その爆発が荒れ狂い、気がついた時には、血まみれの坂口に馬乗りになっている自分の手に、深雪がしがみついていたのである。

「よくわからないのです」

大鳳は、自分の両拳を見つめながら言った。手には、まだ、白い繃帯《ほうたい》が巻かれている。しかし、それは指の付け根だけで、生活には何の不便もない。

「ほんとうに――」

と、大鳳は念を押すように言った。

「ところで、大鳳くん」

久鬼が話題を変えるように言った。

「そこに、ふたつのバラがあるでしょう」

見ると、床の間に、バラを一輪ざしにした細長い花ビンがふたつ、置いてあった。

どちらも、紅色がかったふちどりの花びらを持つ、黄色いバラであった。

「これがね、今日の華道部のテーマなんですよ——」

「これがですか」

「向かって右側のバラを見てごらんなさい。わかりますか」

大鳳は、右側のバラを見、左側のバラを見た。久鬼の言っている意味はすぐにわかった。右側のバラの方に、生命感が欠けているのである。

「造花ですね」

「そうです。造花でも、よくできたものは、遠目には一見本物のように見えたりしますが、こうしてふたつ並べてみれば、その差は一目瞭然《りょうぜん》です。仮に、本物とほとんど同じように造られたものがあったとしても、結果は同じでしょう。何故だかわかりますか——」

大鳳は、久鬼の質問に、どう答えてよいかわからなかった。禅問答を挑まれているような気分だった。

「生命《いのち》がないからですか」

「はい」

久鬼はうなずいた。

理解の早い生徒を前にした教師のような気分になっているらしい。

「では、生命がないというのはどういうことですか」

しばらく大鳳は考え、そして言った。

「死なない、ということでしょう」

久鬼の顔に、嬉《うれ》しそうな微笑が浮かんだ。

望んだ通りの答えを大鳳が口にしたからであろう。

「そうですよ。生命がない、ということは死なない、ということです。それでは、死なないということはどういうことでしょうか——」

久鬼は、大鳳の答えを待たずに、自分の質問に自ら答えた。

「——死なない、ということは、滅びがない、ということです。造花は散りません。散らないから、造花は美しくないのです。花は、散るから花なのです。花は、滅びがあるから美しいのですよ」

久鬼は言い終え、しゃべり過ぎたというように、口をつぐんだ。

大鳳は、自分と由魅との間にあったことを、この久鬼は知っているのだろうかと考えた。おそらく、まだ知ってはいないだろう。

知った時、この男はどんな顔をするのだろう。

それが恐ろしいようでもあり、また楽しみなようでもあった。

その時、大鳳は、自分が由魅の姿を求めて、ここにやって来たのだということに、ふいに気がついた。

あの晩の、狂ったような陶酔感が蘇《よみがえ》った。

生の肉と、女の匂い。

自分の体の上で、また下で、うねり、喘《あえ》ぎ、反《そ》りかえった白い女の肌——。

由魅が、部屋を去る時に、なにか不思議な響きの言葉を口にしたような気もする。だが、それがどんな言葉なのか、大鳳は思い出せなかった。

大鳳の身体がうずきはじめていた。

大鳳は、自分の身体が、何を求めているのかを知っていた。

生の肉と、そして、熱く喘ぐ女の肉体——。

そのふたつを求めて、大鳳の肉体は、狂おしくうずいていた。

「大鳳くん。今、ふいに思ったのですがね」

久鬼があらたまって言う。

「もしかすると、あなたには不思議な作用があるのかもしれません」

「——」

「坂口たちのことです。いや、彼等だけでなく、灰島や菊地、そしてぼくも含めての話ですがね」

「どういうことでしょうか」

「あなたには、人の肉の奥に眠っている獣性というか、暴力的なものを自然に引き出してしまうものがあるのかもしれません。昔から、あなたは、人にいじめられやすいというか、そういう傾向がありませんか――」

久鬼に言われて、大鳳には、はっと思いあたるものがあった。街で歩いていても、つい、暴力的な匂いを発散させている人間たちを引き寄せてしまうのである。小さい頃からそうだった。

菊地たちにしても、坂口にしても、そんなところがある。

「だとするなら、案外、坂口も菊地も、本当の意味での被害者なのかもしれませんね。結局、大きなダメージをこうむったのは、彼等の方だったのですから――」

それは、少なくとも菊地や灰島に関しては、あなたがやったことではないか――そう言おうとした言葉を、大鳳は呑《の》み込んでいた。

そんなことはないと否定する心の底では、久鬼の指摘を認めている自分があったからである。

「ぼくも、そうでした」

と、久鬼が言う。

「久鬼さんも」

「はい」

うなずきながら、久鬼は、自嘲《じちよう》めいた笑いを浮かべた。

「今日は、少ししゃべり過ぎましたね。最後に、ひとつだけ言っておきます。由魅には気をつけなさい」

「――」

大凰は、先ほどの自分の心を見すかされたような気がして、一瞬たじろいだ。

「あれは、危険な女です」

「どういう意味ですか」

「わからなければ、それでけっこうです。しかし、由魅には近づかない方がいい」

「久鬼さんはどうなんですか」

まだ知られているはずはない、そう思いながら大凰は言った。

さっきの身体のうずきが、まだ残っていた。

久鬼は、黙ったまま、大凰を見つめていた。

眼の底に、青白い、炎が燃えていた。

「そのうちに、あなたとぼくと、生命をかけて闘う時が来るかもしれませんね」

久鬼が、冷ややかに言った。

大凰の背に、ぞくりと悪寒が走った。

「坂口に対して使ったあの技、あれはどういう意味だったんですか」

「ほんの戯れですよ」

「おれは怖くなんかありませんよ」

大鳳は言った。

「ほう」

すっと久鬼の眼が眠そうに細められた。

「みんな、あなたを恐れて言うことを聴いているが、おれは違う」

「答えが出たようですね」

「何——」

「あのメッセージの答えがですよ」

久鬼の顔から、ほとんど表情が消えていた。

大鳳は、その顔から眼をそらさなかった。ふいに、久鬼の唇の両端が、きゅうっと吊《つ》りあがった。笑っているのだった。

「おもしろい」

と、久鬼が言った。

大鳳は、言葉を発することができなかった。

「いつか——」

と、久鬼が続けた。

「——あなたの活けた花を見せて下さい」

大鳳は、久鬼の瞳《め》を睨《にら》んだまま、こくりとうなずいていた。

五章　キマイラの牙

1

——夜。

深い闇の中を風が渡ってゆく。

萌《も》え出たばかりの新緑の匂いをたっぷりと含んだ風だ。

雲斎は、独りで囲炉裏に薪《まき》をくべながら、酒を飲んでいた。昼間、大鳳が置いていったばかりの月謝——焼酎《しょうちゅう》である。

さやさやと揺れる葉ずれの音が、ここまでとどいてくる。

それに耳を傾けていると、うっとりして眠くなってしまいそうである。

半分閉じかけていた眼を、雲斎はふっと開いた。囲炉裏からたち昇っていく煙に眼をやり、煙とともに上へと移動させる。

煙は、むき出しの梁《はり》にからみ、その上の斜めになった天井に作られた煙出しから、外へと流れ出ていた。

見上げたまま、呆けた顔で煙の行方を追っていた雲斎の眼が、すっと細められた。

「誰かな――」

低くつぶやいた。

「先ほどから、わしをうかがっているらしいが、そんな所で煙たくはないのか――」

屋根に、何者かがいるらしい。

しゅっ、と息を吐く音がして、何者かが移動し始めた。ほとんど音をたてない。

雲斎は、眼で、屋根の上を移動していくものの後を追っている。それは、雲斎を中心に円を描くようにして動いてゆく。

――と。

ふいに、そのものの気配が消えた。

――宙に跳んだのであろう。

雲斎はそう想った。

しかし、家の周囲に着地するはずの気配が伝わってこなかった。近くの樹に跳んだとしても同じである。枝に跳びついたにしろ、幹に跳びついたにしろ、その時、とどいてくる葉ずれの音に、何らかの変化を生じさせずにはすまないはずだ。

――まだ屋根か。

天井を睨む。

やはり気配は消えていた。

もし、まだ屋根の上にいるとするなら、よほど隠形《おんぎょう》の術にたけた者なのであろう。跳んだにしろ、屋根の上にいるにしろ、並みの者ではない。

――それほどの相手が、何故気配をさとられるようなヘマをしたのか。

「ふむ」

雲斎の顔が笑った。

「なるほど――」

楽しそうにつぶやいた。

「技くらべをしたいというわけか」

茶碗《ちゃわん》に残った焼酎をひと息に飲み干し、天井を睨んだ。

「喝!」

ストロボの閃光《せんこう》さながらに、雲斎の全身から天井に向けて気がほとばしった。

気の放射を受けて、屋根の上に潜んでいた黒い影が、雲斎の意識の中で一瞬浮きあがった。完全な隠形に入っていれば、雲斎の放った気は通り抜け、その存在は知られることなくすんだであろう。しかし、屋根の上のそれは、下の雲斎に向かってわずかに意識を開いていた。様子をうかがっていたのである。針先ほどのその隙間から、それの本体に雲斎の気が反射したのである。

一瞬浮かびあがったその黒い影も、次の瞬間、再び闇に溶けたようにその気配を断っていた。

「おもしろいわ」

雲斎は、ニヤリと笑みを浮かべて立ちあがった。

まだ左手に湯呑《ゆの》み茶碗を持ったままである。

外へ出る。

風が雲斎の頬をなぶる。

いい気持ちだった。

梢《こずえ》がしきりとそよぎ、若葉の匂いが空気に溶け、大気全体が甘い芳香を漂わせていた。

「いい晩だなあ、おい」

雲斎は、深く大気を吸い込み、闇に向かって声をかけた。

「わしはここにおる。好きな時に仕掛けてくるがよい」

雲斎は、いきなり草の上に座り込んだ。

胡座《あぐら》をかき、眼を閉じる。

すっと禅定に入った。

影と同じように、雲斎の気配も、大気に溶けるようにして消えた。しかし、姿はまる見えである。

大胆というほかはなかった。

風が、草をゆすりながら過ぎてゆく。

雲斎は、ぴくりとも動かない。草をゆらす同じ風に、白髪をなぶらせているだけである。

約三〇分ほどたった頃、雲斎の背後五、六メートルの所に、闇がそこに凝固したように、黒い影がわだかまっていた。

黒い影も動かない。

雲斎も動かない。

さらに三〇分が過ぎた。

雲斎と、黒い影の距離が縮まっていた。黒い影が動いたのである。大きな蜘蛛《くも》が、病的なまでに用心深く、獲物に近づいていくのに似ていた。

黒い影の体内から、ふつふつと暗い瘴気《しょうき》がわき出した。それがゆっくりと輪を広げ、背後から雲斎を包んでゆく。蜘蛛が、細い銀糸を風に乗せて送り出してゆくのは、こうでもあろうか。

その瘴気の糸が、雲斎をからめとり、次第に強さを増してゆく。

張りつめた瘴気が、みりみりと空気にひびを入れながらふくれあがる。

しゅっ！

と、鋭い呼気が影の口からもれた。重さのないもののように、影がふわっと宙に舞った。頭上すれすれに雲斎の上を跳んだ。

「くけっ！」

「ぬんっ！」

放電に似た凄《すさ》まじい気合が、ふたりの間にほとばしった。

影が、さらに高い宙に跳ねあがっていた。

雲斎はまだ座したままである。何があったのか、常人にはまるで眼に見えない。

もし、雲斎と同じほど眼の利く者が今の戦いを見たら、それは、次のように眼に映じたことであろう。

青白い炎に包まれた影が跳びあがった瞬間、その青白い炎が、一瞬まばゆく輝いて雲斎にぶつかってゆく。雲斎にぶつかったとたん、その炎と同じ強さで、光が雲斎から放たれる――鏡にぶつかった光が、まったく同じ強さで跳ねかえされたように見えたはずであった。

実際に影と雲斎とが触れあったのは、手と足だけである。閃光のように襲いかかった影の足を、雲斎が右の手のひらで、ぽん、と受けたのだ。

影は、その手を蹴《け》るようにして、さらに高い宙空へ逃れたのである。

影は宙で一転し、這《は》いつくばるようにして着地した。

影が、凄《すご》い速さで左へ動いた。

影の手から、何かが空気を貫いて走った。それが、雲斎の顔面にぶつかろうとした時、
カシャン！

鋭い音がした。

陶器の割れる音である。

影の投げた小石を、雲斎が持っていた湯呑み茶碗で受けたのだ。

座っていた雲斎の身体が立ちあがっていた。

左へ走り抜けていく影のゆこうとする方向へ、同じ速さで走った。

手に残っていた陶器のかけらを、影に向かって投げつけた。手応《てごた》えはなかった。いくつかのかけらが、吸い込まれるように影の中に消えた。下に落ちた音がしないところをみると、影は、空中でそのかけらをその手に受け止めたのであろう。

影の動きがわずかに乱れた。

雲斎はその足を目がけて、手に持っていた小石を飛ばした。さっき投げた陶器のかけらは、この小石のためのフェイントだった。

手応えがあった。

が、影のスピードは少しも衰えない。

そのまま雑木林の中に走り込み、影は、跳躍した。すばらしいバネだった。

地上五メートルはある樹の枝につかまり、身体を一転させてその上に立ち、枝のたわみを利用して、さらに遠くの幹に跳んだ。

雲斎は足を止めて、影が跳んだ枝に眼をやった。

影も、樹上の闇の中に動きを止めていた。

「おぬしか——」

雲斎が言った。

「いつぞやの晩も、ここへやって来たであろう」

影は答えなかった。

ふっ
ふっ
と、息をつぐかすかな音が響いてくるだけである。

「本物の殺気が、おぬしからは感じられぬ。わしと争うことが目的ではあるまい。何の用だ――」

影は黙っていた。

まるで言葉を知らぬかのようである。

「話す気になったら来るがよい。わしは、また酒を飲んでいる……」

雲斎は、影に背を向けて歩き出した。

小屋の中に入り、戸を閉めて、再び焼酎《しょうちゅう》を飲み始めた。

やがて、戸のすぐ向こうの闇に、何ものかが近づいてくる気配があった。

それは、戸のすぐ向こう側で立ち止まり、そこにうずくまった。

「来たか――」

雲斎が声をかける。

GUUU……

獣が喉《のど》の奥でたてるような声がした。

今、その黒い影は、気配を断っていなかった。一枚の戸越しに、暗い思念が漂ってくる。その思念に、酒を飲みながら雲斎は、そろりと思念で触れた。

影の思念は、重く、苦しいもので満たされていた。それが、黒い泥のように、影の本体を包んでいる。

その重い泥の中で、ぎらぎらしたものが、呻《うめ》き、もがき、のたうちまわっていた。

己の手で己の首を締め、苦しんでいる——そんな風にも見えた。

「迷うておるのか、おぬし——」

雲斎が言った。

「そうだ……」

影が、しわがれた声で答えた。

「一度や二度ではあるまい。おぬし、何度か夜半にここにやって来ては、そうやって泣いておったのではないか——」

「おおお……」

影が狂おしく声をあげた。

激情を必死に押し殺しているため、声は小さかったが、それは、はっきり雲斎の耳にとどいた。

血の滴るような声であった。

哀しみに身をおしもみながら悶《もだ》える獣の声だ。

影は、泣いているのだった。

「おれを、助けてくれ……」

影が言った。

「助けろとな」

「おれは、おれでなくなってしまう。だから、その前に、おれを……」

声の最後の方は、獣の唸《うな》る声に変わっていた。

「その声、聴き覚えがある」

雲斎が言った。

「おぬし、久鬼だな?」

影が、びくんと身をすくめるのがわかった。

開かれていたものがさっと閉ざされるように、影の思念が消え、気配が消えた。

「待て」

雲斎は立ちあがり、戸を開けはなった。

強くなった夜風が、新緑の匂いを雲斎の顔に吹きつけてきた。

外には、もう誰もいなかった。

影の苦しみの残滓《ざんし》のように、さっきまでそこにいた者の重みで傾いた草が、風になぶられているばかりであった。

ラララララルウ〜〜〜〜リイイ……

るるるるるうう〜〜〜〜るるる……

風に乗って、遠く、あの不気味な獣の雄叫《おたけ》びがとどいてきた。

悲痛な、身をちぎられるような声であった。

2

宮小路《みやこうじ》——

バーやクラブ、赤提灯《あかちょうちん》や小料理屋が軒を並べる小田原のネオン街である。しかし、最近では、駅前周辺の飲み屋やキャバレーへ客をとられ、ひと昔前の盛況ぶりはない。

昼間は閑散としているが、それでも夜になれば、あちこちに灯《あか》りが点《つ》き、けっこうそれらしいたたずまいになる。

スナック『コシティ』。

宮小路の中ほどにあるその店の入り口を見ることができる路地の暗がりに、うっそりとひとりの巨漢が立っていた。

ジーンズと半袖《はんそで》のTシャツに包まれたその肉は、ぴんと張り、布地を内側から押し上げている。熱気のようなものが、その肉体の周辺にゆらいでいる。

酔客が、時おり声をかけてゆくが、巨漢は黙ったまま相手にしない。建物の壁に背をあずけ、じっと『コシティ』の入り口を眺めている。

夜の一〇時。

巨漢は、もう一時間近くも、そこにそうやって立っている。

九十九三蔵だった。

九十九は、今、『コシティ』にいる客のひとりを待っているのだ。

昨夜のことである。

いつものように、円空山に顔を出した九十九に、雲斎が話しかけてきたのである。

「久鬼はどうしている」

と、雲斎は訊《き》いた。

あいかわらずのようです——そう答えた九十九に、雲斎は軽く顔をしかめてみせた。

大鳳は、三日に一度は顔を見せなくなっていた。その晩も、大鳳は来ていなかった。

九十九と雲斎のふたりだけが円空山にいる。

「わしと、おぬしだけの話だがな」

と雲斎。

「大鳳にも内証ということですか」

「うむ。しばらくの間はな——」

いつも軽口ばかりたたいている雲斎が、いつになく口が重い。

「実はな、昨夜、変なものに出会《でお》うた」

「変なもの？」

「いつぞやの晩、外に潜んでおって、ぬしの服を裂いていったあのもののことよ——」

「やつがまた来たのですか」

「軽くやり合うたのだが、やつめ、人とも獣ともつかぬ、不思議な気を発しておった」

雲斎は、昨夜のことを手短に語り、腕を組んだ。

「では、先生は、あれが久鬼だとおっしゃるのですか」

九十九も、驚きを隠せなかった。

「わからん。そうであろうとは想うのだがな」

「では、もし、あれが久鬼だとして、何のためにやつがここへやって来たのですか。来るなら正面から、堂々と先生を訪ねて来てもよさそうじゃありませんか」

「何か理由《わけ》があるのかもしれん」

「理由？」

「あれは迷うておった。迷うたあげくの所業であろうよ。ここへ来たのもな、一度や二度ではないぞ——」

「——」

「迷うておる。迷うておるから、やつはあんな風にしか、わしに近寄っては来れぬのよ。哀れなことさ。争うことでしか、わしに語りかけられぬとはな」

「何に迷っていると」

「わからん。わかっているのは、やつが、わしに助けを求めているらしいということだ」

「助けを、ですか」

「いかにも」

「何を助けろと――」

「自分が自分でなくなっていく――と、やつは言っていた」

「自分が自分でなくなる？」

「そうさ。そこでおぬしに頼みがあるのさ」

「頼み、ですか」

「うむ。久鬼の最近の様子を、それとなく調べてほしいのさ」

雲斎が、九十九の眼を、じいっと覗《のぞ》き込む。

「わかりました」

「しかし、久鬼に直接訊くわけにはゆくまいよ」

「そうですね」

「久鬼はあとだ。まず、何か変わったことがあるかどうか、久鬼の周辺から始めることだな」

「はい」

「で、その周辺のことだが、その中には、大鳳も含まれていることを忘れるなよ」

「大鳳ですか」

「ほう。それほど意外そうな顔も見せぬな」

「ええ。先生が話があると言った時、おれはてっきり大鳳のことだと想いました――」

「大鳳だが、あやつ、変わりおったな」

「はい」

「坂口の一件からひと月以上だが、あやつ、おそろしく強くなりおった。それに――」

雲斎は言葉を止め、その先を九十九に言わせようとするように、九十九の顔を見た。

「それに、あの久鬼に似てきたと、そうおっしゃりたいのですか」

「あの久鬼が、やはりここから出てゆく前、あんな風であったな――」

ついに――と、九十九は想った。

このひと月余り、互いに心のうちに思っていたことを、ついに言葉に出して確認し合ったのだ。

九十九は、大鳳について、一番変わったのは、その闘う姿勢についてだと思っていた。

以前はなかった、ギラギラした闘争本能のようなものが、大鳳の内部に育ちつつあるのだ。

自分のことを、ふいにおれと呼んだりして、九十九を驚かせたこともあった。

誰かとやり合いたくて、大鳳がうずうずしているのも、手にとるようにわかっていた。

自分にも覚えがあるからである。

技を覚えてくるに従って、それを誰かに使ってみたくなるのだ。特に、大鳳のように、短期間に極端な変貌《へんぼう》をとげたものは、そのへんのバランスが非常に不安定であるのに違いない。

大鳳の内部に、理解し難い、不気味な黒いエネルギーの塊を見て、時おり、どきりとさせられることもある。

三日に一度、ここにやって来なくなった大鳳がどうしているかも、九十九は薄々は感づいている。

由魅である。

ここに来ない日のほとんどがというわけではないが、大鳳があの由魅と会っていることは、まず間違いないはずである。

大鳳の、深雪に対する態度が、次第に冷たいものになっていることが、九十九には無念であった。

久鬼の周辺ということで、雲斎の口から大鳳の名前が出たのも、納得がいく。雲斎がほのめかしたように、大鳳が久鬼に似てきたのも、また不思議な暗合であった。

「そう言えば――」

と、九十九は雲斎に言った。

「久鬼の近くにいる西本《にしもと》が、一週間ほど休んでいます」

「西本?」

「剣道部の主将ですが、おれと同じクラスなんですよ。病気らしいと見舞いに行ったクラスの友人が、西本は、病気ではなく、何かをひどく恐れているようだと言ってました――」

「恐れてると？」

「はい。『久鬼さんに言われて確かめに来たのか。おれは何も見てないし、何もしゃべらないぞ』と、ヒステリックに言ったそうです」

「ふむ」

と、雲斎はうなずいた。

それが昨夜のことである。

そして、今日の放課後、九十九は西本の家に顔を出してきたのである。だが、西本はいなかった。母親の話では、この二日間、友人の所に泊まるという電話があったきりで、帰っていないのだという。

九十九は、西本と仲の良かった友人たちに連絡をとり、ようやく、西本が出入りしている場所をつきとめた。

それが、宮小路の『コシティ』だったのである。

九十九は、今、『コシティ』から西本が出てくるのを待っているのだ。

時計は、すでに一〇時三〇分になっていた。

西本が出てきたのは、それからさらに五分ほどたってからであった。

西本は、酔っていた。

顔が赤く染まり、指にはタバコをはさんでいた。

三人の、チンピラ風の男と一緒だった。

九十九は、壁からすっと背を離し、すたすたと西本に向かって歩き出した。

西本が九十九に気がついた。

西本の顔が、醜《みにく》く歪《ゆが》んだ。

タバコが唇から落ちた。

「ひっ」

西本の口から、ひきつれたような細い叫び声がもれていた。

3

「捜したよ、西本――」

九十九が言った。

「貴様、何しに来たんだ。おれはなんにもしゃべっちゃいないぞ」

「ちょっと話があるんだが――」

「いやだ」

西本は、完全にうわずっていた。

「おまえに話なんてない。帰ってくれ――」

西本の狼狽《ろうばい》ぶりに、連れのチンピラ風の男たちは、九十九を誤解したらしかった。

「にいさん、おれの友達《ダチ》に、なんかもんくがあるのかい」

「まさか、酒やタバコがいけねえなどと、利いた風なことぬかすんじゃねえだろうな」

九十九をどうあつかうか、まだ決めかねている様子である。いつでも闘いに入れる体勢を作りながらも、九十九の身体の大きさに、恐れをなしているのである。

「おれは、その西本のクラスメートです。別に、説教するつもりで捜してたわけじゃない。彼とちょっと話がしたいだけです。話さえすれば、酒を飲もうが、タバコを吸おうが、そんなのはおれの知ったことじゃない」

「ほう――」

三人の中で、リーダー格らしい男が、九十九の眼を見上げた。ケンカ慣れしているらしい、精悍《せいかん》な眼をしていた。

三人とも、二〇歳を越えたばかりの、ヤクザの予備軍といったところである。

酒を飲んでいるうちに、西本となじみになったのだろう。知り合って、長くとも三、四日、まだほやほやといったところだった。

「なかなか話せるじゃないか、にいさん。だがよ、この西本がいやがってるんじゃ、どんな話でも、無理にするわけにゃいかねえだろうよ」

「どうなんだ西本、このにいさんと楽しいお話をしに行きてえのかい」

もうひとりが、九十九に聞こえよがしに言う。

「い、いやだ」

「おれたちと、これからもっと楽しい所へ行きてえんだよなあ」

「そうだ。行って酒を飲むんだ」

西本は、赤い顔をしてわめいた。

足がよろけた。

酔っているとはいえ、これが、あの剣道三段の実力を持つ西本かと、彼をよく知っている者が見れば、眼を疑いたくなる姿だった。

「にいさん、また日をあらためて来てくれよ。この通り西本はいやがってるし、おれたちは、今、楽しんでる最中なんでな。ここはひとつ出なおすっていうのが、民主主義じゃあないのかい」

古い台詞《せりふ》を吐いた。

九十九は、その男の言葉を相手にしなかった。

「西本、ちょっとでいいんだ。話を聴かせてくれ――」

「いやだ。久鬼と貴様とは、仲間なんだろう」

「何故、久鬼の話だとわかったんだ。おまえ、やっぱり、久鬼について何か知っているのか」

西本は、押し黙った。

やはり、久鬼について何か知っているのである。

「西本——」

九十九が声をかけた時、存在を無視されて頭に来たのだろう。民主主義などという台詞を口にした男が、いきなり九十九に殴りかかってきた。自分たちが三人——西本を入れれば四人いることを計算してのことであろう。

いいタイミングのパンチであった。

街のケンカの口火を切るものとしては、ほぼ満点のできであったろう。しかし、それは、九十九の顔面には当たらなかった。

ひょい、と九十九が左の手のひらでそれを受けたのである。分厚い手のひらに当たり、男のパンチは、蚊を叩《たた》く時のような音をたてただけであった。

それだけで、男は圧倒されていた。

続いてかかってきたのは、いかにもケンカ慣れしていそうな男だった。

拳《こぶし》でかかると見せ、いきなり、右の回し蹴《げ》りを放ってきたのである。一人前のフェイント攻撃である。

体重も乗っていたし、スピード、バランスともに申し分なかった。いくらか体術の心得はあるらしい。

九十九は軽く曲げた肘《ひじ》でそれを受け、次の瞬間に、男の右足首をがっちり握っていた。

男は、左足で自分の体重を支えながら、不様な格好でバランスを崩すまいとけんけんをした。

「やめましょうよ、ねえ——」

九十九が、のんびりと言った。

「これ以上やると、おれも本気を出さなきゃいけなくなる。そうなったら、こっちも無事にはすまないだろうし、そっちだって、この後のお楽しみをふいにしなくちゃならないでしょう」

こっちも無事にはすまない——と九十九が言ったのは嘘である。その気になれば、この三人くらいは、あっという間に叩きのめせるのだ。それを、こちらもケガをするからという言い方をしたのは、相手をたてるためである。身体のでかい相手とはいえ、高校生ふぜいにおどされてひっこんだとあっては、向こうの面子《めんつ》がまるつぶれである。かなわぬと見ても突っかかって来る場合だってある。

「わ、わかった。こっちもおめえにケガはさせたくねえし、これから行かなくちゃならねえところもあるしな」

なんとか威厳を保とうという口調だったが、しかし、九十九に片足を取られたままの格好では、まるで様になっていなかった。

「ありがとうございます」

九十九が言った。

「糞《くそ》、放しやがれ」

さすがに、男がわめき出した。

九十九が足を放してやると、男は、さっと後方に跳び下がった。

三人の男が、身体を寄せ合うようにして、九十九を見ていた。この巨漢にもう一度闘いを挑むかどうか、九十九を値踏みしている眼だった。

結論はすぐに出た。

「ちっ」

と、リーダー格の足をとられた男が苦く舌を鳴らして背を向けた。

「飲みなおしだ」

ふたりがその後に続いた。

闘いらしい闘いをせずに、あっさり勝負がついてしまったのだ。

今晩のことは、この三人の心に、しばらく傷となって残るであろう。

残った西本が、臆病《おくびょう》な犬のように、おどおどした眼で九十九を見ていた。

——なんてこった。

九十九は思った。

仮にも剣道部の主将である。普段であれば、今の三人などとは、素手でも対等以上に闘える男である。その西本が、完全に、気力をそがれてしまっているのである。よほどのことがあったのであろう。

九十九が歩み寄ると、

「ひっ」

と、西本がひきつった声をあげた。

「海岸へ行こう」

九十九は、西本の肩に手をかけて歩き出した。

「知らん。おれはなんにも知らん――」

呻《うめ》き続ける西本を連れて、九十九は海へ向かった。

宮小路から海までは、いくらも離れていない。五分とかからない距離である。

西湘《せいしょう》バイパスの下をくぐると、そこはもう砂浜だった。

波の音が響いている。

バイパスの灯《あか》りで、砂浜は、意外と明るかった。

九十九が肩から手を離すと、西本はそこにうずくまった。

「言わんぞ、おれは何も言わんぞ――」

子供のようにかたくなになっている。

「なあ、西本、いったい何があったんだ」

九十九が言った。

「うわあっ！」

わめきながら西本が立ちあがり、九十九にかかってきた。

頭を下げた九十九の上を、ひゅんと空気を裂いて棒のようなものが走った。

西本は、手に、一メートル余りの木の棒を握っていた。モップか何かの柄のようである。海岸に打ち寄せられていたのを、今、かがみ込んだ時に見つけたのであろう。

西本の眼は血走り、悪鬼のような形相になっていた。

「せいやっ!」

かけ声とともに、疾風のように西本が襲ってきた。人が変わったような、鬼気迫る攻撃だった。

下が砂地とはいえ、この時の西本の動きは、これまでの彼の生涯でも、最もみごとなものであったろう。

九十九は、休みなく動き続けながら、西本の攻撃をかわしていた。

九十九の顔に、笑みが浮かんでいた。

「そうだ、西本。それがおまえだ。かかってこい——」

十数分、棒をふるい続けると、酒の入っている西本の息があがってきた。

「よし」

九十九はつぶやいて、すっと西本との間に距離をとり、砂の上に仁王立ちになった。

「来い西本!」

九十九が叫んだ。

「りやっ!」

西本が力をふりしぼり、強烈な一撃を、正面から九十九の額に叩きつけてきた。

「ひゅっ！」

九十九の喉《のど》から、鋭い呼気がほとばしった。

鈍い音がして、棒が中程から折れ、先端がくるくると回りながら宙に飛んでいた。

九十九の右手首が、頭上で棒を払って折ったのである。

まだ手に残った棒を握り締めている西本を、九十九は両手で抱くようにして立っていた。

突然、西本が嗚咽《おえつ》しはじめた。嗚咽はすぐに号泣《ごうきゅう》に変わった。

西本は、九十九の腕の中で、激しく身を震わせながら大声で泣いていたのである。

九十九は、泣いている西本を抱えあげ、波打ち際へと歩いて行った。打ち寄せる波が、足を濡《ぬ》らすのもかまわず、九十九は前に進んだ。

波が、自分の腰を濡らす所まで来た時、九十九は西本を、寄せてきた波の中に放り込んだ。

全身がずぶ濡れになった西本の胸ぐらを両手でつかみ、九十九は西本を引き起こした。

大きな波が叩きつけ、九十九の全身も海水で濡れた。

「目が醒《さ》めたか、西本！」

九十九が叫んだ。

西本がうなずいた。

濡れた頭髪が、額にへばりつき、よれて目元まできていた。だが、その眼から、悪鬼のような表情が消えていた。憑《つ》きものが落ちたのだ。

西本は、もう泣きやんでいた。

九十九は、両手で西本をゆすった。

「さあ、何があったんだ。言え！」

九十九が言うと、

「見たんだ――」

ぼそりと西本が言って、ふいに、恐ろしいものでも見たように、その眼におびえが走った。

「何を見た」

「久鬼さんが、肉を喰《く》わせているのを――」

「肉？」

「うっかり、白蓮庵に入って行ったら、久鬼さんが肉を喰わせてたんだ。おれはそれを見ちまったんだ――」

「どういうことだ」

「怖い顔をしてたよ、久鬼さんが、人間じゃないものに見えたんだ。見たか？　とおれに言うから、おれは見なかった、なんにも見なかったと言ったんだ。そうしたら久鬼さんは笑って、おまえは頭がいい、頭がいいやつは長生きができるって、そう言った……。おれは、学校をかえてもらう。西城学園にはもういられない。できることなら、他の土地がいいと想ってるんだ。なあ、そうだろう、九十九——」

西本の身体から、すっかり力が抜けていた。

この男は、これから先一生、竹刀を持って人と闘うことなど、もうないだろうと思われた。さっきの九十九との闘いが、この男の最後の試合であろう。生きていく力、闘争心のようなものの源泉が、根こそぎ消失してしまったようであった。

しかし、九十九は、訊《き》かねばならなかった。

「もっとはっきり言ってくれ、久鬼は、いったい何に肉を喰わせていたんだ」

西本は、遠い焦点をした眼で九十九を見、その眼をふせて、低い声で言った。

「久鬼は自分の右腕に肉を喰わせていたんだ」

4

九十九は、白蓮庵の前に立っていた。

目の前に入り口がある。

鬼道館と続いている入り口ではなく、外から直接出入りするための、正規の入り口である。

茶室風に造られているため、入り口は小さく、身体の大きな九十九には窮屈そうだった。

〝久鬼は自分の右腕に肉を喰わせていたんだ〟

昨夜の西本の言葉が、まだ耳にこびりついていた。

昼休みに、人を通じて連絡を入れておいたので、人を遠ざけ、久鬼が中で待っているはずだった。

「入るぞ」

いきなり、そう声をかけ、戸を開けた。

腰をかがめて上半身を中に入れると、そこに由魅が座っていた。他には誰もいなかった。

「こんにちは、九十九さん」

由魅がにこやかな声で言った。

「久鬼はどうした。まだ来ていないのか」

言いながら、九十九は、巨体を中に入れた。

「来たわ。でも、ちょっと前に出て行ったの――」

「出て行った？」

「そうよ」

「やっと、ふたりきりで会う約束だった。なんで君がここにいるんだ」

九十九が言うと、由魅はふふと声に出さずに笑った。

「なんだか、今、あなたと久鬼を会わせない方がいいみたいな気がしたものだから―

「なに？」

「ごめんなさい。お話は、わたしがうかがっておくわ」

「君じゃ話にならん。久鬼とおれの問題だからな」

「それと、あとひとり、大鳳くんとでしょう？」

と、由魅が微笑する。

「どういうことだ」

「そんな気がしただけ——。でも、あなたの顔には図星だって書いてあるわ」

由魅にかかっては、九十九もいくらか分が悪いようである。

九十九は、つるりと大きな手で顔を撫《な》でた。

「いい機会だから言っておこう」

「——」

「大鳳のことだ」

九十九が大鳳の名前を出しても、由魅は、まるで表情を変えなかった。

「彼から手を引けって言うのかしら」

平然と言った。

由魅は、九十九の前で、自ら大鳳との仲を認める言葉を吐いたのだ。

「そうは言わん。あんたが本気ならな——。本気でなく、ただ大鳳を弄《もてあそ》んでいるだけなら——」

「わたしを許さないとでも言うの?」

「いいか。久鬼とあんたとの仲がどんなものであろうと、そんなことはおれの知ったこっちゃない。しかし、久鬼と大鳳と両方ということになると、おだやかじゃないぜ」

「わたしはどちらも本気よ」

「たとえその言葉が本当であったとしてもだ、大鳳とあんたのことを知ったら、久鬼は大鳳を許さないだろう。久鬼だって馬鹿じゃない。もう、薄々とは感づいているはずだ——」

「あら——」

と、由魅は、眼を大きく開いて声をあげた。

「おあいにくさまね、久鬼は、もう、わたしと大鳳との仲を知っているわ」

「なんだって?」

「わたしが言ったのよ。もう、大鳳と寝たんだって——」

「なに!」

九十九は由魅に飛びつくようにして胸ぐらをつかんだ。

とたんに、鬼道館との間のふすまが開き、黒い塊が九十九に飛びかかってきた。

ぶん、と九十九の右手がうなり、その塊がふっとんだ。ダン、と音をたてて、白蓮庵の壁にぶつかった。

菊地だった。

むっくりと菊地が起きあがった。

鼻から血が流れていた。

その手に、ナイフが光っていた。

「手を離せ」

低い声で菊地が唸《うな》った。

白い部分の多い眼の中で、小さな瞳《ひとみ》が、狂的な光を帯びていた。

「その手、離さなければ、おれ、おまえを刺す」

本気の声であった。

それ以上でも以下でもない、掛け値なしの響きがある。おどしや冗談ではなかった。

「とんだところにグルーピーがいたもんだな――」

九十九が、苦笑しながら手を離した。

由魅が男のように笑った。

「こんなところにぐずぐずしてていいのかしら――」

由魅が言った。

「大鳳とのことを久鬼に言ったのは、ついさっきよ。それを聴いて、久鬼は外に飛び出して行ったんだからね」

九十九の背に、おそろしい恐怖が走り抜けた。

「糞《くそ》っ!」

呻《うめ》きながら九十九は叫んでいた。

大鳳が危ない、そう思った。

「大鳳!」

低く叫ぶなり、九十九は白蓮庵を飛び出していた。

5

久鬼は、小田原市内を、足早に、ほとんど無目的に歩いていた。

——まったくおれらしくもない。

そう想ってはいるが、体内から押し上げてくる凄《すさ》まじい内圧は、動いてなければいつ爆発するかわからない。その内圧の正体に、久鬼は、気づきかけていた。

こんど、その内圧のエネルギーに身をまかせたら、その時こそ自分の最期だということも感じていた。

由魅から大鳳とのことを聴かされたとたん、その内圧をこれまで抑制してきたタガが、どこかにふっとんでしまったのである。久鬼であったからこそ、体内から頭を持ちあげてくる黒いエネルギーを、これまで抑え続けていることができたのである。

それは、精神を絶え間なくヤスリにかけられるような日々だった。

しかし、今、ようやくその力が解き放たれようとしているのだ。

大鳳が、円空山に向かったのはわかっていた。

しかし、単身円空山に乗り込んで、九十九や雲斎の目の前で、大鳳とやり合うわけにはいかなかった。

大鳳のアパートで彼が帰ってくるのを待ちぶせるのが賢明な方法だった。しかし、それにはまだ時間がある。それまで、この狂おしくつきあげてくるエネルギーを、抑えておけるかどうか。

久鬼は、時間を持てあまし、闇雲に歩を進めているのだった。

久鬼の肩が、どん、と前から来た男にぶつかった。

男は、沼川《ぬまかわ》というヤクザだった。小田原に縄張《シマ》を持つ、菊水組《きくすいぐみ》の人間である。

ぶつかったのは、久鬼が沼川に気づかなかったためと、沼川がわざと久鬼をよけなかったためである。

「待ちなよ」

沼川が、充分ドスの利いた声で言った。

まちがいなく、ヤクザのプロの発声だ。

「人にぶつかっといて挨拶《あいさつ》もなしで行くつもりかい」

高級なスーツをあざやかに着こなしていた。沼川は、まだ、三〇歳をいくらも出ていないだろう。

久鬼はふり向き、沼川を一瞥《いちべつ》した。

美しい、燃えるような顔であった。

「すまん」

それだけ言うと、また背を向けて歩き出した。怯《おび》えや恐れを少しも感じていない。あっさりしたものであった。いや、あっさりしすぎていたとも言える。

まだ少年の久鬼が、すまんと、大人のような言葉を残し、無視するように背を向けたことが沼川の頭に血を昇らせた。

この時、久鬼に、いくらかでも怯えの表情があれば、それですんでいたかもしれなかった。久鬼のしたことは、あからさまに馬鹿にしたのと同じであった。いや、それよりもっと悪いかもしれない。

ヤクザ社会の中において、まず最も大事にされるのが面子《めんつ》である。他人に、それもど、素人にコケにされて黙っていたとあっては、この社会では生きてゆけない。

無視、というのは、彼等に対する最大の侮辱なのであった。

沼川に従っていた三人の若い男たちが、久鬼の後を追った。

「小僧！」

「待ちやがれ！」

久鬼は立ち止まった。

「何ですか」

久鬼の顔に、微《かす》かにいらだちが張りついていた。

繁華街には遠いが、人通りはある。

歩いてきた勤め帰りのサラリーマンや、主婦たちが、道路の反対側にまわって、通り過ぎてゆく。視線を久鬼たちに向けはするが、声をかけようとする者は誰もいない。

久鬼は、半袖《はんそで》のシャツを着ていた。

そのむき出しの腕を、男たちのひとりがつかんだ。

「こっちへ来て、もう一度沼川さんに謝るんだ」

荒々しく久鬼の腕を引いたとたん、男は、絶叫をあげてアスファルトの上に転がった。

「ぐえっ！」

どん、と肩から落ち、路面に身体をこすりつけて転げまわる。

「痛《いて》え、痛えよ……」

久鬼の腕をつかんだ右手から、赤い鮮血が流れ出していた。血が、点々と路面に赤黒い染みをつける。

「どうした」

「おい」

他のふたりが、男を覗《のぞ》き込む。

ふたりにも、何が起こったのか、さっぱりわかっていないのだ。

男の右手から、指が数本消えていた。

何かに嚙《か》み切られたような傷口から、血があふれているのだ。

久鬼の顔が、白く見えるほど青ざめていた。

男のひとりが、ギラリと匕首《ドス》をひき抜いた。

「てめえ、何をしやがった」

「野郎!」

血相を変えたふたりの男が叫んだとたん、颶風《ぐふう》のように久鬼が動いた。

一瞬、何が自分の身に生じたのか、ふたりの男にはわからなかった。

ひとりの男は顎《あご》を砕かれ、口から歯の混じった血をあふれさせていた。

もうひとりの男は、匕首《ドス》を握った自分の右手が、手首と肘《ひじ》の中間で信じられない角度で折れまがり、刃先を自分の鼻頭に向けているのを、驚愕《きょうがく》の眼で見ていた。折れた個所から、肉を突き破り、白い骨が突き出ていた。

ラララ～～～～ラルル……

久鬼の喉《のど》から、激しい雄叫《おたけ》びが滑り出ていた。

久鬼は、放たれた矢のように、沼川に向かって走り出していた。

久鬼の身体が跳ねた。

久鬼は、少しもそのスピードを変えずに沼川の頭上を跳び越え、走り抜けた。

沼川は、前につんのめるように、顔面から路面に倒れ込んだ。その身体が、不気味に痙攣《けいれん》していた。

身体中の細胞という細胞が、ふくれあがり、沸騰するような異常な興奮に、久鬼は包まれていた。

熱い炎に身を灼《や》かれるように、久鬼は走った。

その久鬼の脳裏に、いつか大鳳と一緒にいたことのある深雪の顔が浮かんだ。

走っている久鬼の唇がV字形に吊《つ》りあがった。

久鬼は、走りながら、悪魔の笑みを浮かべていた。

6

「ここにいたのか、大鳳」

円空山にやってくるなり、そこに大鳳の姿を見つけた九十九は、ほっとした声をあげた。

大鳳は、焼酎《しょうちゅう》を飲んでいる雲斎の前で、型の練習をしているところだった。

「よかった」

九十九は言いながらあがってきた。

「どうしたんですか。九十九さん」

「久鬼に会わなかったか」

九十九が訊《き》くと、大鳳は首をふった。

「何かあったんですか」

「どうも、久鬼がおまえをねらっているらしい」

「久鬼さんが？」

「それがな――」

九十九は口ごもった。

言いにくそうに、大鳳と雲斎に眼をやった。

「言って下さい」

「言いづらいことなんだが……」

九十九は意を決したように、口元を手でこすった。

「由魅のことさ」

「由魅さんの？」

「久鬼はもう知っているぞ。おまえと由魅のことをな。由魅自身が、今日、久鬼にしゃべったとおれに教えてくれた」

「――」

「久鬼は、おまえの後を追って白蓮庵を出て行ったきりだ」

大鳳の脳裏に、ひと月余り前、久鬼の言った言葉がよぎった。

〝由魅には近づかない方がいい〟

〝あれは危険な女です〟

〝そのうちに、あなたとぼくと、生命をかけて闘う時が来るかもしれませんね〟

「どうするつもりだ」

九十九が言った。

「どうって――」

「深雪ちゃんのことも含めてのことさ」

「どういう意味ですか」

「深雪ちゃんが可哀そうだと言ってるんだ。彼女はおまえに惚《ほ》れているぞ」

「――」

大鳳はうつむいた。

「そろそろ由魅とのことも隠せなくなってきてるんじゃないのか」

「ぼく個人の問題です。九十九さんにどうこうしろと言われることじゃありません。ほっといて下さい」

「ほっといて下さい、か。ずいぶん一人前のことを言うじゃないか」

九十九の語調が、微かにささくれ立っている。この男にしては、珍しく言葉に刺《とげ》があった。

「久鬼はおそろしい男だぞ。その久鬼を、一人前のおまえがどうあつかうか見たいものだな」

「――」

「久鬼に土下座でもして謝るのか」

「そんなことはできません」

「できない？　昔だったら、土下座してでも生命《いのち》ごいをするんじゃないのか――」

大鳳の顔色がすっと変わった。

「九十九さんこそ、本当は深雪を好きなんじゃないですか。だから、おれにそんな言い方をするんだ」

「――」

九十九は、一瞬、出しかけた言葉を呑《の》み込んだ。眼に動揺の色があった。

「当たりましたね」

大鳳がニヤリと笑った。

久鬼の笑顔にそっくりだった。

「いいですよ。九十九さんが深雪を好きだというんなら、深雪は九十九さんにあげますよ」

「馬鹿野郎！」

九十九が叫んだ。

思わず、身のすくみあがる、怒声だった。

「深雪ちゃんは品物じゃない！」

あの九十九が、本気になって怒っていた。

「まあ、まあ――」

その時、のんびりした雲斎の声が割って入った。

雲斎は、これまで、酒を飲みながら、にこにこしてふたりのやりとりを聴いていたのである。その雲斎がようやく口を開いたのだ。

「珍しいのう、九十九。おぬしがそんなにムキになっておるのを、初めて見たわ。これは、大鳳の言うように、おぬし、本気であの娘に惚《ほ》れておるな――」

「先生……」

「まあ、よいよい」

雲斎は、とん、と酒の入った茶碗《ちゃわん》を床に置いた。

「どうかな、大鳳、少しは自信がついたかな？」

「は――」

「自分でもいくらか強くなってきたと想っておるのであろうが。機会さえあれば、その技を使ってみたい――そうであろう」

「――」

「どうかな、今、この九十九とやって勝てると思うか」

雲斎の眼が光った。

「いえ。とてもまだ九十九さんには――」

「九十九に勝てねば、久鬼にも勝てぬぞ。いずれ久鬼とはやり合うことになりそうなのではないかな。どうだ——」

「——」

「その眼が、九十九などに負けるとは思ってないと言うておるぞ。勝てぬまでも、少なくともやってみるまではわからぬとな。どうだ。やってみたくてうずうずしておるのであろうが——」

図星をさされて、大鳳は身を硬くした。

確かに九十九は強い。町道場のレベルより数段上の実力があろう。いや、強いという以上の、底の知れぬものがあった。

——しかし。

と、大鳳は思う。

九十九とやって勝てるという自信はない。

だが、負けはしない、という不敵な自信はあった。

坂口との一件以来、大鳳の内部にちろちろと燃える黒い炎が、その自信の根源である。やれそうな気がするのである。

久鬼とのこともそうだった。

由魅とのことで、久鬼が自分をねらっているらしいことを、さっき九十九から聴かされた時、大鳳の心に浮かんだのは、恐怖ではなかった。

むろん、怖い、という気持ちはある。しかし、最初に頭に浮かんだのは、まず、困った、という意識である。怖いから困っているのではない。困った、がまず先にあり、その後に怖い、という気持ちがある。その怖い、というのも、ただ恐ろしいという気持ちではない。久鬼の実力をきちんと評価した上での、手強い相手だという認識である。

むしろ、大鳳は、そのことを楽しんでいるようでさえあった。

「やってみるかね、九十九」

雲斎が言った。

「大鳳さえ、その気なら――」

九十九は、大鳳に眼をやりながら答えた。

「九十九さんが、やるというなら、おれはかまいません」

ふてぶてしい眼で、大鳳は九十九の視線を受けた。

「ようし、決まった決まった」

雲斎だけがひとりではしゃいでいる。

「おぬしたちの腕のほどを、わしも見ておきたいと思っていたのさ。今日は、ちょうどいい機会だ」

「ルールはどうするんですか?」

九十九が言った。

「はは、ルールなんぞは、それぞれおぬしたちの胸のうちにあろうが、そのルール通りにやればよいのさ。きんたまを蹴とばしたければ、おもいきり蹴《け》ってやればよろしい」

九十九は、無言のままシャツを捨てた。

たくましい上半身が現れた。

惚れぼれするような体軀《たいく》である。

大鳳も、黙ってトレーナーをぬぎ落とした。身体こそ九十九より小さいが、無駄肉のそぎ落とされた肉体は、決して見劣りがしない。この二ヵ月以上の間に、肉の厚みが増している。四月に、同じように九十九と向きあった時に比べ、体重が四キロは増えている。その四キロは、ほとんど筋肉の重さである。

九十九は、ゆるく足を前後に開き、軽く腰を落として身構えた。右足が前、左足が後方である。拳《こぶし》を握った右腕が、軽く肘《ひじ》を曲げた形で前に出ている。左の拳は、右の肘よりもやや内側に引かれていた。ふたつの拳は、ほぼ同じ高さに、一直線に並んでいる。

大鳳は、九十九と同じ足の置き方で立った。姿勢はほぼ九十九と同じだが、拳の位置が違っていた。九十九が拳を前後に開いているのに対し、大鳳は、拳を天地——つまり上下に開いていた。

九十九は、まるで岩のようであった。

どの方向から力を加えても、小揺ぎもしそうになかった。

そこに、そうやって立っているだけで、肉の風圧のようなものが大鳳にとどいてくる。肉の細胞そのものが、エネルギーを外にあふれさせているのだ。

意識的にコントロールしなくても、自然に体内から滲《にじ》み出てくる気であった。

おそらく、どのようなフェイントをかけたところで、たやすく見破られてしまうだろう。

大鳳は、天に上げた右の拳を開き、リズムをとるように動かし始めた。同時に、軽快なフットワークを使って、左に回り出した。

大鳳に合わせて、九十九が動いた。

太い両腕を、しぼるように小さく揺すりながら、大鳳の右手の動きに合わせている。

——乗ってきたな。

大鳳は心の中でニヤリと笑った。

今度は、大鳳の方から、意識的に九十九のリズムに合わせ始めた。ふたりの呼吸《リズム》が合ったところで、いきなりその呼吸《リズム》を変えてやるつもりだった。

——おれは負けない。

大鳳は、九十九にひと泡ふかせてやるつもりだった。

胸がときめき、心臓が高鳴っている。ようやく、自分の技を試す機会が訪れたのだ。しかも相手は九十九である。そこらのケンカなら、試すほどのものではないのだ。しかし、九十九なら、相手として申し分なかった。

——遠慮はしない。

九十九と呼吸《リズム》が重なった時、ふいに大鳳はそのテンポを変えた。

わざとリズムを遅くしたのである。

九十九のリズムが大鳳のリズムを追い越したその瞬間、ふくらんだ九十九の腕の間に、手加減抜きの足蹴りをすべり込ませた。

入った!

そう思った足蹴りが、九十九の深い懐に何の手応《てごた》えもなく吸い込まれていた。

待っていたのは九十九の方だったのだ。

大鳳の足が、九十九の肘で跳ねあげられていた。九十九がすかさず入り込んできた。

跳ねあげられた大鳳の足が床にもどらないうちに、九十九の足がぶんと唸《うな》りをあげて、大鳳の腹に飛んでくる。大鳳は残った片足で、九十九の足の流れる同じ方向へ跳ね、両腕でその足をブロックしていた。

凄《すご》い衝撃があった。

大鳳の身体が宙に浮いた。

小型のトラックに跳ね飛ばされたような感じだった。しかし、ダメージそのものは少なかった。

ふわっという感じで、宙を飛ばされた大鳳の身体が、空中で後方に一転して床に立った。

休む隙《ひま》をあたえずに、九十九がたて続けに正拳を打ち込んできた。

凄いパワーの乱打である。

さすがに正拳で顔面はねらってこなかった。

九十九の拳がまともにカウンターで入れば、骨などあっさりひしゃげてしまいそうである。

完全に圧倒されていた。

糞《くそ》！

大鳳の内部にふつふつとこみあげてくるものがあった。坂口の時に生じたあの感覚である。

大鳳の心の中で、闘争本能がぎりぎりと音をたててきしめばきしむほど、その感覚は強くなってくる。

そうだ。こいつだ。おれは、こいつを待っていたんだ。坂口の時は、恐怖心さえ覚えたその感覚をかきたてるようにして、大鳳は心の中で叫んだ。

それは、すでに、坂口の時に姿を現し、今は、大鳳の細胞のひとつずつにまで染みわたっていた。今度は、それに火を点《つ》け、目醒《めざ》めさせればいいのだ。

あの時の坂口の顔と深雪の顔が浮かんだ。

その深雪の顔と、目の前の九十九の顔が重なった。

〝九十九さんこそ、本当は深雪を好きなんじゃないですか〟

――九十九め！

一瞬、九十九への憎しみが吹きぬけた。

そのとたん、大鳳の肉体の中で、何かがごりっと音をたてて実体化したようだった。

細胞や、血管に、不気味な異物感が生じていた。

「くうっ!」

大鳳はおもいきり跳躍していた。

軽々と、九十九の頭上を越えた。

反対側へ着地し、ふり返る九十九に向かって、大鳳は怪鳥のように跳んでいた。

あの喉《のど》へ——

凄い形相をしていたに違いない。

九十九の顔色が変わるのがわかった。

九十九の動作がはっきり眼に焼きついていた。スローモーションのフィルムを見るようである。

九十九の右腕が喉をかばい、左手が刃物のように大鳳の横腹に伸びてきた。

——寸指破!

大鳳がそう想った時、九十九の左手が横腹を貫いていた。

大鳳の視界が、ふいにまっ白な閃光《せんこう》となって輝き、どん、と身体が床に落ちる鈍い音が響いた。

視界が、ゆっくりと暗黒に変わった。

7

大鳳が気づくと、ふたつの顔が、自分の顔を心配そうに覗《のぞ》き込んでいた。

九十九と雲斎だった。

「気がついたか――」

と、雲斎が言った。

「まったく、このアホは、手加減というものを知らんからな」

「すまん、大鳳。おれもつい本気になっちまったんだ」

九十九は、すっかりいつもの九十九にもどっているようだった。

寸指破を横腹に受けた時の光景が蘇《よみがえ》った。

頭をかいている九十九の右腕に、歯形が残り、薄く血が滲んでいた。

「それ、ぼくがやったんですか――」

「そうだ。おまえが跳んだ瞬間、おそろしい殺気がぶつかって来たのさ。とっさに喉をかばって、つい、寸指破を手加減ぬきで出しちまった――」

大鳳は、九十九の腕についた歯形を見、それを自分がやったのかと、ぞくりと身震いした。

――九十九に負けた。

そう思った。

だが、くやしさはなかった。

嬉《うれ》しさのようなものがあった。

うまく言葉にはならなかったが、九十九に負けたことにより、自分がまだ人間であることを確認できたような安心感であった。

九十九がすまなそうに笑っていた。

いつもの九十九だった。

この九十九を、一瞬にしろ、憎しみの眼で見たことが、信じられなかった。

大鳳は起きあがり、トレーナーを素肌に着た。

「九十九さん、さっきはすいません。おれ、ひどいこと言っちゃって——」

「謝るのはおれの方さ。先にそっちを刺激したのは、おれなんだからな。かんべんしろ……」

大鳳は、薄く笑って、眼をふせた。

「おれ、帰ります。カバンは置いといて下さい。今日は、走って帰りたいんです……」

スニーカーを履《は》き、大鳳は戸を開けた。

気持ちの良い風が、大鳳の顔に吹き寄せた。

「久鬼に気をつけろよ」

九十九が言った。

大鳳がうなずいた。

「じゃ、おれ、行きます」

戸を開けたまま大鳳は走り出した。

大鳳の姿はすぐに見えなくなった。

雲斎と九十九は顔を見合わせ、複雑な表情をした。

「久鬼と大鳳か――」

と、九十九がつぶやいた。

「やっかいなことになったな」

雲斎は軽く頭をふって、

「あの娘も、可哀そうにな……」

その言葉を耳にした九十九の顔に、陰が走った。

「どうした？」

「今先生が言った深雪ちゃんのことです」

「――」

「いいですか、久鬼は大鳳を追って、学園を出たんですよ。大鳳がここへやってくることは久鬼も知っています。しかし、まさか、久鬼もここまでは乗り込んではこられないでしょう――」

「待ちぶせか――」

「あの久鬼が、いつ帰るかわからない大鳳を、こんな時間まで待ちぶせたりしますかね――」

「と言うと――」

「久鬼は、言わば、自分の女を大鳳に寝とられたわけでしょう。その復讐《ふくしゅう》といえば――」

「深雪ちゃんか！」

雲斎が叫んだ。

「ぬかったな。このボケが、何でもっと早く気がつかなかったんだ」

「先生が、大鳳とやらせたりするからですよ」

「あの娘の所へ電話をしてみろ。番号はわかるか」

「暗記してますよ」

九十九が受話器に手をかけながら言った。

九十九が電話をしている間に、何気なく大鳳のカバンに眼をやっていた雲斎が、ふいに眉《まゆ》をひそめた。

カバンの口から覗いている包みが、雲斎の注意をひいたのである。雲斎は、カバンを開け、その包みを取り出した。

手に持ってみると、やはり、中には思った通りのものが入っているらしい。

その時、電話を終えた九十九が、青ざめた顔で雲斎の所へやってきた。

「先生、深雪ちゃんは、大鳳の友人と名のる男から呼び出され、まだ帰ってきてないそうです」

「いつのことだ」

「三〇分くらい前だそうです」

「やはり久鬼か」

「おそらく――」

「で、行き先は――」

「それが、わからないのです」

「ちっ」

雲斎が呻《うめ》いた。

その時、ようやく九十九は、雲斎が手にしているものに気がついた。

「何ですかそれは」

「大鳳のカバンから出てきたのさ」

雲斎は、重さを量るように、その包みを乗せた手を上下させた。

包みには、小田原市内の肉屋の屋号が印刷してあった。

「昨夜の話では――」

雲斎は九十九を鋭い眼で見つめた。

「西本とかいう男、久鬼が腕に肉を喰《く》わせているのを見たとか言っていたのだな――」

言いながら、雲斎はその包みを開いていった。

中から出てきたのは、まだ新しい生の肉であった。

8

大鳳は、円空山のある風祭《かざまつり》から、山越えをして小田原駅へ向かっていた。

このコースだと、ミカン畑を抜け、雑木林の間をぬって、西城学園の裏手に出ることができる。いったん西城学園に出、そこから小田原駅に下るつもりだった。

小田原駅西口から、足柄のアパートまでは、大鳳の足ならばすぐである。

夜である。

月が出ている。

その月明かりをたよりに、大鳳は山道を走っていた。山道といっても、軽四輪がやっと通れるほどの道で、両側には車の轍《わだち》の跡がある。

時おり、木の間がくれに、小田原市街の灯《あか》りが見える。

きれいな夜景であった。

やがて、西城学園の裏手の雑木林にさしかかった頃、大鳳の鼻に、奇妙な匂いが飛び込んできた。

新緑の匂いに混じり、それは、微《かす》かに生温かく、生臭く感じられた。

——血の匂いだ。

大鳳は、ふいにその匂いの正体に気がついた。

こぼれたばかりの血、まだ、脈うちながら湯気をあげている血——。

頭がふっとしびれるような、不思議な感覚が大鳳を襲った。

おぞましさとなつかしさとが、均等に含まれていた。

その匂いに魅《ひ》かれるように、大鳳は、雑木林の下生えの中に足を踏み入れていた。

匂いが強くなる。

下生えの中で、大鳳の足が何かに当たった。

大鳳は立ち止まった。

——何だろう。

顔を近づけたとたん、むうっとする血の匂いが鼻を打った。

「これは？」

大鳳は、それを見つけて、声をあげていた。

それは、血まみれたサンシロウの首だった。

何か、強い力でねじ切られたような、無惨な姿だった。

「サンシロウ……」

つぶやいた時、大鳳は、さらに奥の草の上に、ひとりの女が倒れているのに気がついた。その女の顔を、木の間からもれる月明かりで確認した時、激しいショックが大鳳を包んだ。

その女は、織部深雪だったのである。

「深雪ちゃん」

深雪を抱き起こし、心臓に耳を当てた。

まだ生きていた。外傷もないようである。

大鳳はほっとした。

その時——

——誰かいる。

大鳳の鋭い感覚が、闇の奥にいるものの気配を捕らえていた。

眼を凝らす。

黒い影のようなものが、草の上にかがみ込んで何かを食べていた。

大鳳の胃がきゅっと縮みあがった。

その影が、何を食べているのか、大鳳にわかったからだった。それは、まだ温かいサンシロウの死体の腹の中に顔を突っ込んで、思う存分、その内臓を屠《ほふ》っているのである。

誘われるように、大鳳は数歩前に出た。

それが顔をあげた。

久鬼であった。

あの美しい久鬼の顔が血にまみれていた。

髪が血で濡《ぬ》れてよじり合わされ、いく筋かの束になっていた。その先に血玉が付いている。

大鳳を見たとたん、闇の中で、久鬼の唇が耳元まで左右にきゅうっと吊《つ》りあがった。血の付いた歯がむき出しになった。その奥で、大きな舌が蠢《うごめ》いた。

「ふ、ふ、ふ、ふ、ふ、……」

久鬼は、笑っていた。

「見ました、ね、大鳳くん。ぼくのこの姿を見ましたね――」

幽鬼のように立ちあがった。

久鬼は、自分のシャツに両手をあて、それをおもいきり引き裂いた。

上半身が露出した。

「いいものを見せてあげましょう」

久鬼は、サンシロウの腹の中に手を突っ込んで、赤黒い血ごりのようなものを取り出した。肝臓の一部らしい。

久鬼が、それを自分の胸のあたりに押しつけると、そこの肉が、ざわっと蠢《うごめ》いた。肉がイモ虫のようにモコモコと動き、それがふいに裂けて赤く口を開けた。

文字通り、それは口であった。

そこに出現したのは、牙《きば》も歯もそろった、獣の腭《あぎと》であった。

ぞぶり、ぞぶりと、その口がサンシロウの肝臓を食べてゆく。

それは、うまそうに久鬼の差し出した肝臓を喰い終えると、久鬼の内部に潜るように消えた。そのあとには、赤いひきつれが、アザのように残っていた。

「これがキマイラですよ。由魅が教えてくれたんです。ぼくは、ぼくの身体の中に、幻獣《キマイラ》を飼っているんです――」

久鬼はまた笑った。

「そしてね。この幻獣《キマイラ》は、大鳳くん、あなたの中にもいるのですよ」

愉悦《ゆえつ》が自然に体内からほとばしるように、久鬼は声をあげて笑っていた。

「深雪をどうしたんだ」

「呼び出したんですよ。あなたの名前を使ってね。あなたが、由魅にしたのと同じことをしてやろうと思ってね――」

「なに！」

「いいところで、邪魔が入りました。この犬ですよ。おかげで何もできませんでしたが、かわりにあなたに会えるとはね――」

――ひいっ。

と、久鬼の眼がくるりと裏がえり白眼をむいた。ぞろり、と、久鬼の全身に黒い獣毛が生えた。見る間に、ぞわぞわとその色が濃くなってゆく。

「あなたのことを考えるとね、嬉《うれ》しくて嬉しくて、こうなってしまうのですよ」

しわがれ声になっている。

口の構造そのものまで、変わりつつあるらしい。

「大鳳くん。きみもじきにこうなるのですよ。なに、初めは、つらいでしょうけどね。ぼくもつらかった。けれど、こうなることがこんなに気持ちのいいものだとわかっていたら、もっと早くなっていたでしょうにねえ」

久鬼の手足や背骨が、何か、禍々《まがまが》しく、いびつなものに歪《ゆが》み始めていた。

「ぼくがぼくでなくなる前にあなたに会えたのを、神に感謝しますよ。こうして、挨拶《あいさつ》ができるのですからね——」

最後の方の声は、舌の間からもれる、しゅうしゅうという息の音に混じって、ほとんど聴きとれぬようになっていた。顎《あご》がせり出し、犬歯がぬうっと伸びてくる。

驚くほど赤い舌が、久鬼の口から長くたれ下がっていた。

「ぎいっ！」

久鬼の口から、人間のものではない声がもれ、黒い怪鳥《けちょう》のようにその身体が宙に舞った。風のようなその攻撃を、ほとんど紙一重で大鳳はかわした。

再び地に立った久鬼の全身から、おそろしい風圧の気がふくれあがっていた。久鬼の身体が、闇の中で、青白い燐光《りんこう》を放って燃えているようであった。

人間とは異なる臭気が、熱いヤスリのように大鳳の頰をなぶった。溶鉱炉の口を開け、熱気に顔面をさらしているようだった。

——かなわない。

大鳳はそう想った。

殺される。

この久鬼と対等にやり合えるとしたら、九十九しかいないのではないか——。

だが、不思議と怯《おび》えはなかった。

自分の技がどこまで通用するか、死にもの狂いでやってみるつもりだった。

大鳳は、夜風を感じていた。

耳に、葉ずれの音が響いていた。

死闘の最中に、ふいにそんな感覚がもどってきたことが不思議だった。

草の上を猿《ましら》のように久鬼が駆けてきた。

悪夢のような闘いが始まった。

それでも、十数分、大鳳が、決定的なダメージをこうむらずに久鬼とやり合えたのは、ほとんど奇跡であった。身体のあちこちから血が吹き出していたが、大鳳はまだ立っていた。

雲斎が稚技と呼んでいた技でさえ、こんなに奥が深いものかと思った。短い期間ではあったが、大鳳が習い覚えた円空拳の技が、ここまで大鳳の生命を永らえさせたのだ。

もし、生きて、またあそこに帰れるのなら、死にもの狂いで円空拳を学んでみようと思った。だが、生き残れたとして、自分が久鬼のようになるまでに、いったいどれだけの時間が残されているのだろう。

その時間は、あまり長くないだろうと思われた。

ふたりの身体が離れ、数メートルの距離で向かいあった。

すでに、大鳳は立っているのがやっとだった。

久鬼が、最後の攻撃をしかけてくるのはわかっていた。

大鳳は、深く息を吸い込んでそれを待った。

久鬼が大鳳を見ている。

唇も眼も、異様に吊りあがっている。

その唇の間から、長く伸びたふたつの犬歯が覗《のぞ》いている。

久鬼の身体の内圧が、見ている間にも高まってゆくのがわかる。その内圧が、久鬼の肉体に満ち、それが外に向かって溢《あふ》れ出す時が久鬼が動く時だ。

ひ〜〜〜〜〜〜〜〜〜〜〜

久鬼の口唇から、その時が近づいたのを告げるような、細い笛の音に似た声が滑り出てきた。

ひ〜〜〜〜〜〜〜〜〜〜〜

その声が伸びあがり、さらに高くなってゆく。

自分に残された技は、もうひとつだけだ。

あれを出すしかない。

あ〜〜〜〜〜〜〜〜〜

来る。

大凰が、そう思った時、久鬼の身体が動いていた。

疾《はし》る。

「しゃっ！」

「はうっ！」

大凰の鋭い呼気が、闇を貫いた。

次の瞬間、大凰はこめかみに強い打撃をうけていた。

だが、その前に自分の放った、見よう見まねの寸指破が、久鬼の身体のどこかにあたった手応《てごた》えを、大凰は確かに感じていた。

大凰は仰向けに草の上に倒れた。

気持ち良かった。

冷たい草が頬に触れている。

いつかも、こんな気分を味わったように思った。

それが、ここからさほど遠くない所で、坂口とやり合った時のものであることに、ぼんやりと気がついた。

木立ちの間に、月が見えた。

いい月だった。

梢《こずえ》がそよいでいる。

いい音だ。
誰かが自分の名を呼んでいるような気がした。
なつかしい、聴き覚えのある声だった。
九十九の声である。
深雪のことを想い出していた。
深雪に謝らねば、そう思った。
すまない。
わるかった。
言いわけのように、深雪に謝っている自分の声を大鳳は聴いた。
それがすんだ時、大鳳は、やっと自分は休めるのだと思った。
眼を閉じ、大鳳は微笑を浮かべて、全身の力を抜いた。

9

九十九と雲斎がそこに駆けつけた時、大鳳と久鬼とが正面からぶつかり合っていた。
倒れたのは大鳳であった。
黒い影が大鳳の上にかがみ込もうとした時、九十九が大鳳の名を呼んだのである。
黒い影は、跳ねあがり、頭上の梢に飛びついて、たちまち闇に姿を消していた。

九十九と雲斎は、そこに、ぼろぼろになった大鳳と、意識を失っている深雪を発見した。

「いまのを見ましたか」

九十九が言った。

「うむ」

雲斎が答えた。

「あれが久鬼の変わり果てた姿よ。あの男を救うことはできなかったが、この大鳳だけは、なんとか救ってやりたい」

九十九が大鳳を抱き起こすと、

「深雪……」

と、小さく呻《うめ》いた。

ぼそぼそと言う声は、よく聴きとれなかったが、深雪に謝っているらしいことがわかった。

「……おれは、普通の人間じゃない。おれなど好きになってはいけない。九十九さんはいい人だぞ、好きになるならあの人を——」

大鳳はそう言って眼を閉じた。

九十九の眼に涙があふれた。

「こいつ、大鳳のやつ、わざと深雪ちゃんに冷たくしていたんですよ」

微笑を浮かべて気を失っている大鳳は、自分が最後に放った寸指破が、久鬼の打撃を弱め、己の生命を救ったのだということに、まだ気がついていない。

闇の中に、風が吹いていた。

その風に乗って、あの、獣に変貌《へんぼう》した久鬼の、長い、哀しい声が、尾を引いてとどいてきた。

るう〰〰〰るるるる……

るう〰〰〰いいいい……

それは、人間に訣別《けつべつ》を告げる鎮魂《ちんこん》の声であり、また、新しい生を受けた自分の生命に対する喜びの声でもあった。

あとがき

光のパイプオルガンを弾くように

夢枕　獏

このキマイラシリーズは、ぼくが一九八二年から書き続けている長い物語です。

三〇年余りにわたって書き続けてきて、まだ終っていません。

最初のスタートは、朝日ソノラマのソノラマ文庫です。当時はジュブナイルと呼ばれていました。ヤングアダルトなどとも呼ばれた時期もありました。今でいうライトノベル、ラノベですね。年に二冊くらいのペースでスタートして、それが年に一冊になり、それが、数年に一冊というペースになってしまいました。様々な事情があったのですが、一番大きな事情というのは、ぼくが忙しくなってしまったということと、このシリーズを発行する出版社がかわってしまったということです。

この間に、出版形態が、何度かかわっています。

最初は、文庫書き下ろしだったのが、雑誌連載となり、その雑誌も休刊になったりで、書いてゆくペースがなかなか定まりませんでした。なにしろ、三〇年書いていると、公私共に実に様々なことがあるものです。その様々な流れの中で、一度文庫で出版したものをハードカバーで出版しなおしてゆくことになり、その後に文庫へという流れを作ったところで、出版社がかわってしまいました。朝日ソノラマという出版社がなくなってしまったのです。そこで、今度は朝日新聞出版から新書という新しい形態で出すことになりました。ずっと読んできて下さった読者の方々には、何度も御迷惑をかけることになってしまい、これについては本当に心苦しく思っています。

　朝日新聞出版に移った時には、すでに、同社で『宿神《しゅくじん》』という物語を書いている最中で、この連載が終るまでは『キマイラ』に手をかけられる状態ではありませんでした。『宿神』を、六年がかりでやっと完成させたのが、昨年（二〇一二年）のことでした。

　それでようやく、今年（二〇一三年）、朝日新聞出版の『一冊の本』と、ドワンゴの『ニコニコ静画』での同時連載ということで、『キマイラ』はあらたにスタートすることとなりました。『ニコニコ静画』での連載は、「鬼骨変」のみで、およそ一年間の予定です。あとは、ずっと『一冊の本』で引き続き連載をして、おそらくここで、最終回までを書くことになると思います。

　『キマイラ』は、この毎月の連載の後《のち》新書を朝日新聞出版で発刊し、その後、角川文庫（あなたが今手にされているこの本です）に入ることになりました。

　何しろ、三〇年というのは本当に長いのです。（すでに別巻『キマイラ青龍変』を含めて十八巻――新書は合本ですので、九巻『キマイラ玄象変』まで出ています）作品中にも色々の変化がありました。たとえば、渋谷の風俗描写は今から三十五年くらい前の一九七八年あたりのものです。書き出した時には、携帯電話などなかったのですが、物語の途中からは、使うようになっています。結局、この物語設定は、今は一九九五年あたりということに落ちついていますが、作中の時間経過については、多少、辻褄《つじつま》が合わないようなところもあるかもしれません。

ともあれ、『キマイラ』については、この体制の中で書いてゆくことになっており、ぼくとしてはここで骨を埋ずめたいと思っています。

今年（二〇一三年）で、ぼくは六十二歳となりました。

三〇歳そこそこで『キマイラ』を書き出した時、心に決めたのは、

「漫画よりおもしろい」

でした。

ジュブナイル（ラノベ）とか、大人の読み物とかいう考えを頭の中からとりはらう。

とにかくおもしろいものを。

それは、今もかわりません。

歳をとると、様々なものが、人の肉体から去ってゆきます。人から、人も去ってゆきます。女。男。夢。そして、速度。ぼくの肉体は、二〇代の頃のかつてのスピードで走ることはもうできません。できるのは、全力疾走だけです。

全力疾走――

完全燃焼――

このふたつは、お約束できると思っています。

しかし、そして、不思議なことに、『キマイラ』を書き出すと、ぼくの心や精神は、『キマイラ』を書き出した頃の、あの状態にもどってゆきます。

心の中に、夏の入道雲が湧きあがってくるのです。

そこから下りてくる光のパイプオルガン。

それを宮沢賢治のように弾くつもりで、『キマイラ』を書き継いでゆこうと思っています。この物語は、贄《にえ》です。ぼく自身もこの物語も、何ものかに向けて捧げられた供物《くもつ》です。そのような感覚で、今はこの物語を書いています。

どうぞ、この物語を楽しんで下さい。

作者本人が言う言葉ではないかもしれませんが、これは、とてつもなくおもしろい物語です。結局、ぼくの作家生活の最初から、最後まで、生涯にわたって書くことになってしまいました。

不思議です。

こういう物語を書くことができることを、天に感謝して。

二〇一三年七月十五日　青山にて――

本書は二〇〇〇年十二月に朝日ソノラマより刊行され、二〇〇八年六月に朝日新聞出版より刊行された作品を、分冊のうえ文庫化したものです。

幻《げん》獣《じゅう》少《しょう》年《ねん》キマイラ

夢枕《ゆめまくら》 貘《ばく》

角川文庫 18111

平成二十五年八月二十五日　初版発行

発行者―**井上伸一郎**
発行所―株式会社**角川書店**
東京都千代田区富士見二―十三―三
電話・編集（〇三）三二三八―八五五五
〒一〇二―八〇七八
発売元―株式会社**KADOKAWA**
東京都千代田区富士見二―十三―三
電話・営業（〇三）三二三八―八五二一
〒一〇二―八一七七
http://www.kadokawa.co.jp

印刷所―暁印刷　製本所―BBC
装幀者―杉浦康平

ゆ 3-11　ISBN978-4-04-100964-2　C0193

角川文庫発刊に際して

角川源義

第二次世界大戦の敗北は、軍事力の敗北であった以上に、私たちの若い文化力の敗退であった。私たちの文化が戦争に対して如何に無力であり、単なるあだ花に過ぎなかったかを、私たちは身を以て体験し痛感した。西洋近代文化の摂取にとって、明治以後八十年の歳月は決して短かすぎたとは言えない。にもかかわらず、近代文化の伝統を確立し、自由な批判と柔軟な良識に富む文化層として自らを形成することに私たちは失敗して来た。そしてこれは、各層への文化の普及滲透を任務とする出版人の責任でもあった。

一九四五年以来、私たちは再び振出しに戻り、第一歩から踏み出すことを余儀なくされた。これは大きな不幸ではあるが、反面、これまでの混沌・未熟・歪曲の中にあった我が国の文化に秩序と確たる基礎を齎らすためには絶好の機会でもある。角川書店は、このような祖国の文化的危機にあたり、微力をも顧みず再建の礎石たるべき抱負と決意とをもって出発したが、ここに創立以来の念願を果すべく角川文庫を発刊する。これまで刊行されたあらゆる全集叢書文庫類の長所と短所とを検討し、古今東西の不朽の典籍を、良心的編集のもとに、廉価に、そして書架にふさわしい美本として、多くのひとびとに提供しようとする。しかし私たちは徒らに百科全書的な知識のジレッタントを作ることを目的とせず、あくまで祖国の文化に秩序と再建への道を示し、この文庫を角川書店の栄ある事業として、今後永久に継続発展せしめ、学芸と教養との殿堂として大成せんことを期したい。多くの読書子の愛情ある忠言と支持とによって、この希望と抱負とを完遂せしめられんことを願う。

一九四九年五月三日